あやかし旅籠
ちょっぴり不思議なお宿の広報担当になりました

水縞しま Shima Mizushima

ALPHAPOLIS WEB CITY SINCE 2000
アルファポリス文庫

https://www.alphapolis.co.jp/

おしながき

つるんと冷たい山菜《さんさい》うどん

初夏。新緑《しんりょく》の美しい季節の山歩きは楽しい。

すっきりと晴れた青空に、みずみずしい若葉がよく映える。風に揺られて、枝葉がさらりと音を立てた。

かすかに鳥の鳴き声が聞こえる。歩《ほ》を進めると、少しずつさえずりが大きくなった。澄《す》んだ高音だ。ピリリ、ピロリリン、とゆったりとうたうようなメロディが心地いい。

注意深く観察していると、広葉樹《こうようじゅ》の枝に小鳥を見つけた。鮮《あざ》やかな青色をしている。

スズメよりひと回りほど大きなそれは、羽の色からしておそらくオオルリだろう。

春に南方から渡来して、秋になるとまた南方に渡去していく夏鳥《なつどり》だ。

私は立《た》ち止《ど》まって、背負っていたバックパックからカメラを取り出した。

晴れた青空と美しい新緑《しんりょく》、羽を細かく震わせながらさえずるオオルリの姿をカメラにおさめる。

古いデジタルカメラだけど、まだじゅうぶんに現役だった。十年前、私が十一歳のときに祖母が買ってくれた宝物のカメラ。布のカメラケースは祖母であるツユの手製で、赤いチェック柄《がら》がかわいい、ふかふか仕様だ。裏面には、御崎小夏《みさきこなつ》と、私の名前が刺繍《ししゅう》されている。

実際に仕事で使うのは手ブレ補正が優秀な最新式のカメラなのだけれど、心惹かれた風景はついこの宝物のカメラでシャッターを切ってしまう。

私は大事にカメラをバックパックにしまい、目的地を目指して再び歩き始めた。

初夏といえども気温は高い。撮影機材を背負って歩くのは重労働だった。舗装《ほそう》されていない坂道は、想像以上に体力を奪われる。顎《あご》から汗が滴《したた》り落《お》ちてきた。

キャップを取り汗を拭《ぬぐ》っていると、長い黒髪がはらりとほどけた。それを結び直してから、よし、と気合を入れ直す。

私は小柄《こがら》で痩《や》せ型《がた》の割には体力があるほうだと思う。根性があるというか、我慢強《がまんづよ》いとも思っている。そうでなければこの季節に一人で山奥に来たりはしない。

しばらくすると、新緑《しんりょく》の中に潰れかけた平屋が見えた。その奥にも、民家らしき廃屋《はいおく》がぽつりぽつりと残っている。

（あった……）

今回も無事に辿り着いた。

最寄り駅からタクシーで四十分。山の入口から徒歩で約二時間。ここはかつて、山仕事をしていた人々が暮らしていた農山村《のうさんそん》だ。四十年以上も前、集団移転によって無人の集落になり、現在は廃村《はいそん》となっている。

私は最新式の高性能カメラで撮影を始めた。一軒ずつ、廃屋《はいおく》の隅々までカメラにおさめる。傷《いた》んだ柱や、朽ちた引き戸。潰れかけの家屋をひたすら撮り続ける。

私はいわゆる、動画クリエーターというやつだ。撮影から編集まですべて一人で行う。

無人の集落の撮影を始めたのは中学生の頃。きっかけは、祖母だった。

祖母は子どもの頃から引っ越しが多く、農山村《のうさんそん》を転々としていたという。祖母の父、私からすると曾祖父《そうそふ》にあたる人が山仕事に従事していたらしいのだ。

祖母が曾祖父《そうそふ》の人柄《ひとがら》や、幼い時分の話をすることは滅多になかった。引っ越しを繰り返したせいでほとんど友達ができず、子ども時代にいい思い出はないらしかった。

それでも、体を悪くして入退院を繰り返すようになってからは、ときどき昔の話を聞かせてくれた。ぽつりぽつりと懐かしそうに語っていた。

残念ながら祖母の手元には子ども時代の写真は一枚も残っておらず、それならと私が代わりに祖母の故郷を尋《たず》ね歩《ある》き、動画の撮影も始めたのだった。

祖母がかつて暮らした農山村《のうさんそん》は、そのほとんどが廃村《はいそん》になっていた。時代の変化といえば、そうなのかもしれない。

病院のベッドの上で、私が撮影した映像を眺めながら「すっかり変わっちゃったねぇ」「でも、面影がある」「懐かしい」と微笑む祖母は幸せそうで、どこか寂《さみ》しそうだった。

動画を配信サイトで公開するようになったのは、高校に入学した後のこと。

廃村《はいそん》を回るついでに、山歩きをして美しい風景を撮影し、VLOGを投稿してみたところ、少しずつだが、チャンネルを見てくれる人が現れた。

そしてあるとき、そのうちの一つがSNSで注目を集めた。

閉山して三十年が経つ集落の動画を、某大御所俳優《ぼうおおごしょはいゆう》が『通っていた分校の校舎が映っている。懐かしい』と紹介してくれたのだ。

結果、私のチャンネルの登録者は激増した。

おかげで高校卒業後には、専業として動画作成だけで生活ができるようになった。

他の動画投稿者から編集作業を依頼されることも多くなり、最近はかなり忙しい日々だ。

登録者数は順調に増え続けている。再生回数も問題ないので、ほそぼそとだが安定した専業生活だった。

土蔵や石碑もくまなく撮影し、一息《ひといき》ついていると、奥に神社が見えた。

生《お》い茂《しげ》る草木をかき分けて、鳥居の前に立つ。立派なお社《やしろ》だ。この集落でおそらく一番、状態がいい。

撮影を続けながら裏手に回ると、不思議なものを見つけた。草で編《あ》んだ小さな輪っかが、木の枝に括《くく》り付《つ》けられていた。

「なんだろう、これ……？」

輪っかは、私の手のひらと同じくらいの大きさだった。何かのおまじないか、風習でもあるのだろうか。思わず触《ふ》れると、草はまだ乾燥していなかった。艶々《つやつや》として柔らかい。作ってから、そう時間は経っていないように見える。

手入れをするために、集落に通っている元住人がいるのかもしれない。そういう廃村《はいそん》は意外に多い。平屋や他の家屋の状態を見ると管理が粗いので、このお社《やしろ》だけ維持管理しているのではないか。そんなことを考えながら、一通りの撮影を済ませた。

帰り支度をしていると、急《きゅう》にあたりが暗くなった。見上げると、真っ青だった空は灰色の雲に覆《おお》われている。湿《しめ》った匂いがする、と思った瞬間、ぽつりと雨粒《あまつぶ》が落ちてきた。

天気予報が外《はず》れることは珍しくない。去年の夏も撮影中にゲリラ豪《ごう》雨に見舞われ、カメラを一つダメにしてしまった。

私はすぐに荷物をバックパックに押し込んで、鳥居をくぐった。この集落で雨宿《あまやど》りに最も適しているのは、このお社《やしろ》だ。

「失礼します……少し、雨宿《あまやど》りさせてください」

扉を開けると、ギイ、と妙に嫌な音がした。中はほこりっぽくて薄暗い。なんとなく躊《ちゅう》躇《ちょ》してしまうけど、雨の勢いは増すばかりだ。ここで止《や》むのを待つしかない。

お社《やしろ》の中で腰を下ろし、カメラを確かめる。最新式はもちろん、宝物のカメラも無事だ。

(よかったぁ……)

安心して、ふっと息を吐《は》いた。

雨はどんどん激しくなっているようだった。ゴロゴロと雷《かみなり》の音もする。

すると、ふいに背を向けている扉がギイ、と音を立てた。雨の湿《しめ》った匂いが、お社《やしろ》の中にすべり込《こ》んでくる。

風かなと思ったけれど、わずかに気配を感じた。ヒタ、ヒタ、と足音も聞こえる。背中がゾクリとする。

(手入れに来てるひと、かな……?)

こわごわと扉のほうに向き直ると、着物を着た白髪の人物が立っていた。

表情は分からない。長い白髪がゆらりと揺れている。

「あ、あの……ここに住んでおられた方ですか?」

震える声で聞くと、白髪の人物がゆっくりと私のほうに近づいてくる。

(背が高いから、おじいさんかな。でも……髪が長いからおばあさん？)

「お、お社《やしろ》の手入れに来られたんですか？　あの、私、動画を撮影していまして、それを生業《なりわい》にしております。えっと、あの、勝手にお邪魔して申し訳ありません……！」

ぺこぺこと頭を下げる。自分の村を勝手に撮影されて、不快に思うひとだっているだろう。ただでさえ風当たりの強い職業だ。一部の迷惑系動画クリエーターのせいでイメージはよくないし、特に年配の方には理解されにくい仕事かもしれない。

「帰ろうとしてたんですけど、雨が降ってきて。それでここにお邪魔して、雨宿《あまやど》りを……」

「もしかして、見えるの？」

「は、はい……？」

顔を上げると、思ったよりも近くに相手がいた。

声にハリがある。それによく見ると、髪はきれいで艶《つや》があり、さらさらとしていた。年配者ではない。ずいぶん若い人なのだと気づく。

「君、にんげんだよね？」

「に、にんげんですが……」

答えながら、おかしなことを聞くひとだなと思った。普通は人間に「にんげんだよね」なんて聞いたりしない。

「そうですけど……」

私は目の前にいる人物を改めてよく見た。着物、靡《なび》く長い白髪……

ここは廃村《はいそん》だ。撮影をしながらいろいろと見て回ったけれど、この場所でひとが生活を営《いとな》んでいる様子はなかった。どの家も完全に空《あ》き家《や》だった。

そういえば、さっき「見えるの？」とも言っていたっけ。

も、もしかして、このひとって……！

「お、おばけだ……！」

私は叫び、震えながら後ずさる。

無人の集落の撮影を始めて早八年。放置された廃屋《はいおく》に物悲しい雰囲気は何度も感じたけれど、妖《あや》しい気配を感じたことは一度もなかった。自分には霊感がないと確信していた。

それなのに、まさかおばけに遭遇《そうぐう》するなんて。

おばけはゆっくりと膝をつき、私に視線を合わせた。興味深そうにこちらを覗《のぞ》き込《こ》んでくる。ぱちぱちと瞬きをする度に、作り物のように繊細なまつ毛が揺れる。このおばけは、やたらまつ毛が長い。

おばけは竹製のカゴらしきもの持っていた。それを脇《わき》に置いて、そっと私に手を伸ばしてくる。

「ひっ！」

怖くて怖くて、思わずぎゅっと目を閉じた。握りしめた私の手のひらに、おばけの手が触《ふ》れる。

「あれ、すごいね。ちゃんと触《さわ》れる。君って本当ににんげんなの？」

なんだか嬉しそうなおばけの声が聞こえて、私は少し目を開けた。Tシャツの裾《すそ》を握りしめている私の手を、おばけがちょんちょんと指先で突いてくる。

「んふぅっ……！」

悲鳴にならない声を上げてしまう。怖い。

そしておばけの手は生温かい。怖い。生温かいのは怖い。ん……？

「おばけなのにぬくい……」

おばけというものは、冷たいのが普通なのではないだろうか。

「僕は、おばけっていうより妖怪《ようかい》かなぁ」

朗《ほが》らかな声でおばけが言った。

「ようかい……？」

「もののけとか、あやかしっていうやつ」

「糸引き女《いとひおんな》っていうんだけど。聞いたことない？」

にこにこと無邪気に笑いながら、目の前のおばけは自らの素性を打ち明ける。

「し、知らないです……」

「そっか。残念だけど仕方ない。あんまりメジャーな妖怪《ようかい》じゃないからね」

そう言いながら、おばけはしょんぼりと項垂《うなだ》れる。

よほど混乱していたのか、私は目の前の存在が妖怪《ようかい》だかあやかしだかということよりも、性別の部分に引っ掛かってしまった。だって、間近で見ると完全に男性なのだ。

それに、自分のことを「僕」と言っていたし。

じっと凝視する私に対し、「ん？」と首を傾げながら、おばけ改め妖怪《ようかい》は見つめ返してくる。

あざとい仕草だけど、かなりの美形なので妙に様になっている。きらきらしたオーラさえ感じる。まつ毛は長いし、色白で肌はつるつるだし、完璧《かんぺき》に整った甘ったるい王子様顔だった。

混乱した頭で、外見は王子様だけど中身はお姫様なのだろうか、と思考を巡らせる。内面が女性ということなのかもしれない。自らの性別は自らで決めるというのが昨今《さっこん》の風潮《ふうちょう》だ。

あくまでも人間の世界の話だけど。

「えっと、あなたは妖怪《ようかい》というか、もののけというか、あやかしで……」

「うん」

きれいな二重の瞳を輝かせながら王子様……じゃないお姫様が頷く。

「糸引き女さんで」

「うん」

自称糸引き女さんは頷きながらつんつんと突くのを止《や》めて、私はぎゅっと手を握られた。

内心では「ひぇぇ」と思ったけど、なんとか悲鳴を上げずに済んだ。

「女性……なんですね？」

「男性だね」

はっきりと断言して、糸引き女さんは握った手をゆらゆらと揺らした。意味が分からない。

糸引き「女」なのに男性……？　というか本当に妖怪《ようかい》？

手を繋いでいるこの状況も理解不能だ。

考えても分からない。というか、考えられない。気づいたら目の前がぼんやりとしていた。

霞《かすみ》がかかったようになって、きらきらの王子様顔もはっきりと見えなくなっている。

少しずつ、私の意識は遠のいていった。

◆　◆　◆

目を覚ますと、天井に立派な梁《はり》が見えた。

(ここ、どこだろう……？)

集落に点在していた廃屋《はいおく》はもちろん、あのお社《やしろ》にもこんな梁《はり》はなかった。ほこりっぽさも感じない。畳《たたみ》から、わずかにイグサのいい匂いがする。

ぐるりと部屋を見渡すと、しっかりとした建物だということが分かる。歴史を感じる日本家屋だ。

使い込まれた卓袱台《ちゃぶだい》、衣桁《いこう》、和箪笥《わだんす》。古めかしいそれらを眺めていると、ふいに白髪の人物が真上から覗《のぞ》き込《こ》んできた。

「目が覚めた？」

声を掛けられ、驚きで心臓がぎゅっとなる。私は慌てて飛び起きた。

「お、おば……！」

いや、そういえば、おばけではないと言っていたっけ。

「い、糸引き女さん……？」

「紛らわしいから糸《いと》って呼んでくれていいよ」

「は、はぁ……あ、えっと、御崎小夏です……」

じりじりと後ずさりながら、それでもぺこりと頭を下げる。

「小夏ちゃんかぁ。かわいい名前だね」

「ど、どうも……」

他人に下の名前で呼ばれた記憶がほとんどないので、どう反応していいのか分からない。

「なんだか誤解しているみたいだから説明すると、僕は男で、糸引き女っていう呼び名はにんげんが勝手に付けたものだから」

「そ、そうなんですか……？」

「昔ね、着物のほつれを道端で修復してたら、通りかかったひとに声を掛けられて。あやかしが見えるにんげんだったんだろうね。あ、ほら、僕って長い髪じゃない？　それで女性だって勘違いしたみたい」

「は、はぁ……」

「それでね、間違ってますよ、僕は女性じゃないですよってはっきりと主張したんだけど。なんか、白髪だから老婆《ろうば》だと思われたみたいで。おまけに大声で相手を驚かせたことになってさ」

「へ、へぇ……」

「後で糸引き女の伝承《でんしょう》を知ったとき、自分のことだって分からなかったよ。当然だよね、僕とぜんぜん違うもんね？　そう思わない？」

「えっと……」

同意を求められても、後で自分の伝承《でんしょう》を確認するという状況になったことがないのでよく分からない。

「しかも手縫《てぬ》いだったんだよ？　針と糸しか持ってなかったのに、いつの間にか糸車で糸を引いてたことになってるし……」

ため息をつきながら肩を落とす糸さんの姿に、なんとなく同情してしまう。

「そ、それは、災難でしたね……」

事実がかなり歪曲《わいきょく》されている。しかし伝承《でんしょう》とはそういうものかもしれない。現代でいうところの口コミや、誰が書いたか分からないネット記事みたいなものだろうか。

着物から作務衣姿《さむえすがた》になった糸さんが、いつの間にか至近距離にいた。

淡い青色の瞳にじっと見つめられて変な汗をかく。恐怖もあるのだけど、整い過ぎた顔面の圧というか、きらきら感がまぶしくて心臓に悪い。

「顔色、少しはよくなったね」

「あ、ありがとうございます」

私はしばらくの間、気を失っていたらしい。

いきなり妖怪《ようかい》だと名乗る白髪の人物に遭遇《そうぐう》したのだから、仕方がない。

「ここは……？」

「僕の家だよ」

「……すてきなお家ですね」

改めて室内を見回した。本当に立派な建物だ。ものすごく撮影したい。動画クリエーターの血が騒いでうずうずする。

失礼かなと思いながらもきょろきょろと観察していると、ちょん、と糸さんの指先が私の手の甲に触《ふ》れた。

「やっぱり触《さわ》れるなぁ」

「そ、そうですね」

ビクリと反応しながらも冷静を装《よそお》う。あまり驚いたら、彼に対して失礼だろう。

本当はまだ、めちゃくちゃ怖いのだけど。

「ずっと考えてたんだけど、もしかして茅《ち》の輪《わ》に触《ふ》れた？」

「ちのわ……？」

「うん、これくらいの草の輪っか」

糸さんが手で輪を作る。小さな草の輪。そういえば、あった。

「お社《やしろ》の裏手の……？」

「やっぱり！」

糸さんが納得したように頷いている。彼と会話ができるのも、触《ふ》れることができるのも、どうやらあの草の輪が原因らしい。

「あの茅の輪は古くて、そのぶん力もあるからね」

「あの草……茅の輪、ですか？　まだ青々としてましたけど」

刈り取ったばかりといった感じで、触《ふ》れると柔らかく、艶々《つやつや》としていた。

「何百年も前からあの状態らしいよ」

「そうなんですか……」

自分（人間）の常識が通じないことを思い知らされて、軽いショックを受ける。

草の輪は『夏越《なごし》の祓《はらえ》』に欠かせないものだと糸さんは言った。無病息災《むびょうそくさい》を願う神事《しんじ》だということは私も知っている。

「あやかしの世界にも、そういうのあるんですね」

「もちろんだよ。一年を健康に過ごしたいからね」

あやかしも風邪を引いたりするのだろうか、と心の中で考える。

「そういえば、茅の輪がずいぶん小さかった気がするんですけど」

いつだったか、神社の境内《けいだい》に設置された巨大な輪を見たことがあった。直径は数メートルあったと思う。その輪をくぐることで、厄災を祓《はら》い、清めるのだ。

「あの大きさだと、くぐれないんじゃないですか？」

「念力《ねんりき》で人形《ひとがた》を作ってくぐるから問題ないよ」

なるほど。それは便利だ。

大きな輪を作らなくても事足りるなんて、あやかしって楽でいい。

「そうだ、小夏ちゃん。お腹空《す》かない？　ちょうど、うどんが茹《ゆ》で上《あ》がったところなんだ。一緒に食べない？」

正直に言うと、お腹はかなり減っている。徒歩で山道を二時間も歩いたのでぺこぺこの状態だった。うどん、と聞いて私のお腹が「ぐるるるー！」と反応する。

「えっと、これは」

慌てて自分のお腹を押さえたけど、はっきりと彼の耳にも届いたらしい。

「遠慮しないで。持ってくるから」

そう言って、糸さんはうきうきしながら部屋を出て行った。

しばらくすると、木彫《きぼ》りの丸盆に器《うつわ》を二つ載せて糸さんが部屋に戻ってきた。

「どうぞ」

卓袱台《ちゃぶだい》にコトリと器《うつわ》が置かれる。器《うつわ》は涼《すず》やかな硝子製《がらすせい》だった。

たっぷりと出汁《だし》がかかった冷やしうどん。具は山菜《さんさい》とネギと油揚げ。

ふわりと出汁《だし》のいい香りがする。思わずゴクリと喉が鳴った。

『あやかしの拵《こしら》えた料理』を目の前にして一抹《いちまつ》の不安がよぎったけれど、意識を失った私を手当てしてくれたようだし、彼はきっと悪いあやかしではないのだろう。

「い、いただきます……」

「召《め》し上《あ》がれ」

つるりと冷たいうどんが、疲弊《ひへい》した体に力をくれる。

山菜《さんさい》はどれもクセがなく、シャキシャキと歯ごたえがあった。

うどんにはコシがあって、のどごしも最高だ。

たっぷりと添《そ》えられた油揚げは甘辛《あまから》く味付けされている。少し濃いめの味付けだから、すごく満足感があった。噛むと、じゅわっと油揚げから濃い味が沁《し》みだしてくる。

ちゅるちゅると無心ですすり、あっという間に完食した。

「いい食べっぷりだね」

「お、美味《おい》しかったので……ごちそうさまでした」

勢いよく頬張る姿を見られたことが恥ずかしい。

でもお腹が膨れたことで、やっと緊張が解《と》けてきた。

糸さんはつるつるとうどんをすすっている。豪快に完食した自分とは違い、まだ半分以上も残っている。なんとも上品な食べ方だった。

「夏に冷たいうどんって、やっぱりいいなぁ。僕が打ったんだよ」

「すごく美味《おい》しかったです」

うどんは糸さんの手打ちらしい。のどごしが最高だった理由が分かった。

「一応、山菜《さんさい》が自慢なんだよね」

続けて糸さんから話を聞くと、採ってすぐに下処理をしたものだという。

「山菜《さんさい》って、もしかしてカゴに入っていたやつですか？」

お社《やしろ》で会ったとき、そういえば彼は竹製のカゴを持っていた。

「そうだよ。毎日採りに行くんだ。いつお客さんが来てもいいように」

「お客さん？」

「うちは旅籠《はたご》なんだよ」

糸さんがこの立派な建物について話してくれた。

屋号は紬屋《つむぎや》というらしい。もちろん人間相手の商売ではない。

あやかしたちが通る『道《みち》』というのが存在していて、その道沿いにこの旅籠《はたご》はあるという。

「つまり、あやかし街道《かいどう》みたいなものだね」

「宿場《しゅくば》みたいに栄《さか》えては……なさそうですね……？」

客が泊まっている様子はない。遠慮がちに確認してみると、糸さんは困り顔になった。

「最近はね、みんな『道』を歩こうとしないんだ」

「どうして、歩かなくなったんでしょう？」

「忙しいんだって。仕事だって言ってるけど、ぜったいに遊んでると思うんだよ……！」

糸さんが腕組みしながら、むむっと口を尖《とが》らせる。

「あやかしにも仕事ってあるんですか？」

驚いて、反射的に糸さんに問う。

「にんげんたちに交《ま》じって、普通に働いてるよ。最近は都会で暮らすあやかしも多いんだ。そのほうが刺激があって楽しいんだってさ」

あやかしが人間社会で仕事をしている……？　人間に交ざって生活しているということだろうか。にわかには信じがたい話だ。

糸さんの話によると、この付近に旅籠《はたご》はこの紬屋しかないらしい。あやかしたちは気まぐれで、予約などはせずにふらりとやってくるという。

「まぁ、静かなところがうちのいいところだしね……」

そうは言うものの、糸さんの歯切れは悪い。

「あんまりお客さん来ないんですか？」

私のストレートな問いに、視線を彷徨《さまよ》わせながら糸さんが頷く。

「そう、だね……」

「こんなに趣《おもむき》のある建物で、料理も美味《おい》しいのに」

「小夏ちゃん、ありがとう！」

感激した様子の糸さんに両手をぎゅっと握られる。思わず生温かい感触にビクリとしてしまった。

彼に対する恐怖心はかなり薄れている。それでも過剰に反応してしまうのは、怖いからではなく、他人との接触に慣れていないからだ。

「何か営業努力はしているんですか？」

「美味《おい》しい山菜料理《さんさいりょうり》の献立《こんだて》を考えてるよ。けっこうレパートリーがあってね」

目を輝かせながら、自慢のレパートリーを教えてくれる。

「でも、それって新規のお客さんを集めるにはあまり意味なくないですか？」

「う、うん……」

またしてもストレートな言葉が出てしまった。がっくりと項垂《うなだ》れる彼を見て、慌ててフォローする。

「えっと、糸さんのお料理は本当に美味《おい》しいので、必ずリピーターさんは来てくれると思います」

「確かに、何度も来てくれるお客さんばかりだけど」

やっぱり。

「ということは、新規のお客さんを増やせば、あっという間に人気の旅籠《はたご》になりますよ」

「うちの旅籠《はたご》が……人気に……？」

「そうです」

「どうしたら新規のお客さんが来てくれるんだろう」

腕を組んで思案する姿は真剣そのものだが、アイデアはないらしい。

「まずはこの旅籠《はたご》を知ってもらうことが大事なので、宣伝するしかないですね」

私が動画作成だけで生活できているのは、ＳＮＳで話題になったからだ。

「あやかし専門のＳＮＳとかないんですか？」

「うーん、ないなぁ」

「……あやかしって動画に映りますか？　私、撮影と編集はできるんですけど」

せっかく美味《おい》しいうどんをご馳走《ちそう》になったのだから、少しくらい彼の役に立つことがしたい。

何より、こんなにすてきな日本家屋を埋もれさせるなんて、もったいないと思う。

もっとたくさんのあやかしたちに見てほしい。

「そういえば、動画を撮ってそれを生業《なりわい》にしてるってお社《やしろ》でも言ってたね。すごいなぁ」

感嘆する糸さんに、私はバックパックから最新式のカメラを取り出して、見せた。

彼はそれを、物珍しそうにしげしげと眺めている。

「でも、もし動画に映っても、公開できる場所がなければ意味がないですね……」

手入れの行き届いたすてきな日本家屋と美味《おい》しいごはん。それから美形の旅籠屋主人《はたごやしゅじん》。

宣伝に必要な被写体は完璧《かんぺき》に揃っている。でも、見てもらえなければ意味がない。

「公開って、たぶんあやかしたちは普通に動画に出てるよ」

「え？」

動画に出てる？　それって、どういうことだろう。

「小夏ちゃんのチャンネル見せて」

糸さんに促《うなが》され、スマホをすいすいと操作する。自分のチャンネルを検索して、彼に見せる。三日前にアップした動画を再生してしばらくすると、糸さんが指さした。

「ほら、映ってる」

目を凝《こ》らしてスマホの画面を見る。廃屋《はいおく》の内部にちらりと人影が映った。

ゴクリと唾《つば》を呑《の》む。映像の中で、私が納戸《なんど》の引き戸を開けた。

そこに映っていたのは、老婆《ろうば》だった。膝を抱えて、ちょこんと座っている。

「納戸婆《なんどばば》だね」

「な、なんですかそれ……？」

「人家の納戸《なんど》に棲《す》んでる老婆《ろうば》の妖怪《ようかい》だよ」

まさか自分の動画にあやかしが映っているとは思わなかった。他の動画にも座敷童《ざしきわらし》やら猫又《ねこまた》やら、あやかしたちが私の知らないうちに動画に出演していた。

「このコメントはあやかしだね」

コメント欄を確認すると、糸さんが指摘した通り、「猫又が映ってる！」「撮られてるじゃん」「出演おめでとう」というひどく掠《かす》れた文字があった。

まさかコメントまで書き込まれていたなんて。

「この文字って、普通のひとには見えなかったりします？」

「そうだね」

私は頷く糸さんの手を取った。

「大丈夫です。ぜったいに成功します！」

しっとりと生温かい彼の手を、ぎゅっと両手で握る。怖さも慣れない人肌も関係ない。

ただただ動画クリエーターの血が騒ぐ。

「ひ、ひゃい……!?」

突然、前のめりになった私に糸さんは驚いたようだった。

裏返った声で返事をしながらこちらを見ている。

どうやら、私の動画はあやかしの出没率が高いらしい。どの動画にも掠《かす》れた文字、つまり
あやかしたちのコメントが書き込まれていた。

あやかしたちが見ているこのチャンネルで旅籠《はたご》を宣伝すれば、きっとうまくいく……！

さっそくカメラを手にして、糸さんに紬屋の案内をしてもらう。

紬屋には、なんと薪風呂《まきぶろ》があった。実際に湯を沸《わ》かし、その様子も映像におさめる。

「紬屋に来れば、この薪風呂《まきぶろ》に入れるんですね」

「体の芯まで温まるよ」

それはポイントが高い。

本当はもっと時間をかけて撮影したいのだけど、とりあえず今は全体をささっと撮ること

に集中する。ＣＭを一本完成させるためだ。

「山菜《さんさい》レシピのレパートリーは、たくさんあるんですよね？　作ってる様子とか、美味《おい》しそうに食べるところとか撮影したいです。薪風呂《まきぶろ》でゆったりするところとか。そういうのを動画にして、私のチャンネルで公開すれば宣伝になると思うんです」

「そ、そんなことしてもらって、いいの……？」

信じられないといった顔で糸さんが私を見る。

「協力します、ご馳走《ちそう》になったし。それに、もったいないじゃないですか。せっかくいい宿なのに」

「こ、小夏ちゃん……！」

小鹿のようにぷるぷる震えながら糸さんが感激している。

◆　◆　◆

撮影が完了したので、次は編集だ。

その場を動こうとせず、廊下の真ん中でめそめそする彼のことは、申し訳ないけれどそのまま放置した。私は忙しいのだ。

先ほどの納戸婆が映っていた動画を改めて編集する。動画が終わった後に、旅籠《はたご》の宣伝映像を繋げるだけ。

バックパックからパソコンを取り出し、編集作業に集中していると、目を真っ赤にした糸さんが「よかったら食べて」と小皿を持ってきた。

小皿には、三角形をした和菓子と菓子楊枝《かしようじ》が添《そ》えられていた。三角形の白い餅《もち》のような物体の上に小豆《あずき》がのっている。

「これって、なんですか？」

「水無月《みなづき》だよ」

白い物体は餅《もち》ではなく、ういろうだという。

「んっ……！　美味《おい》しい！」

ういろうのほのかな甘さと、小豆《あずき》のしっかりとした甘さ。ぜんぜん重くない。品のいい甘みだ。

「美味《おい》しい？　本当？　嬉しいなぁ」

赤い目のまま、糸さんがおっとりと笑う。

私はそんな彼をチラ見しながら、二口目を口に入れた。心底嬉しそうな顔をしている。

もしかしたら糸さんは、他人に食べさせるのが好きなのかもしれない。

食べさせ妖怪《ようかい》？　いや、太らせあやかし……？

そんなことを考えていると、糸さんが冷たいお茶を出してくれた。氷がたっぷり入った麦茶で喉を潤《うるお》しながら、水無月をいただく。

「京都ではね、夏越の祓が行われる頃に水無月を食べる風習があるみたい」

「物知りなんですね、糸さんは」

「まぁ、この年になるとね。いろいろ知識は増えるよ」

ごくごくっと麦茶を飲み干してから、糸さんに聞く。

「糸さんっていくつなんですか」

「え、ええっ……！　そ、それは……内緒」

もぞもぞとしながら、まるで恥じらうような仕草を見せる。乙女か、と心の中でツッコむ。

そうこうしているうちに編集作業は終わった。映像を糸さんに確認してもらう。

「あやかし向けのＣＭですね」

あやかしに向けた文字と糸さんの姿は、普通の人間には見えていないから、このＣＭはただ誰もいない風景を映した、奇妙な映像となっているだろう。

でも、私のチャンネルは普段から風景ばかりを映しているので、気にする人間はそれほどいないはず。

「小夏ちゃん、天才だ……！」

「糸さん、コメント書いてください」

「う、うん」

慣れない手つきで、糸さんがポチポチと文字を打つ。

『あやかし街道《かいどうぞ》沿いにある旅籠《はたご》『紬屋』です。季節の山菜料理《さんさいりょうり》が自慢です。ぜひ来てください』

コメントにはすぐに返信がついた。

『きれいな旅籠《はたご》ですね。今度おじゃまします』

これは嬉しいコメントだ。

『山菜料理《さんさいりょうり》、いいですね』

間違いなく美味《おい》しいので、ぜひ味わってほしい。

『イケメンの旅籠屋主人《はたごやしゅじん》に会いたい。ちょっと頼りなさそうだけど……笑』

あやかしの世界でも彼は美形らしい。でも、頼りなさが数十秒の動画でも透《す》けて見えるなんて、ちょっと笑ってしまう。

「反応はいいみたいですね。これから忙しくなるかもしれませんよ」

「小夏ちゃん……ありがとう……！　本当にありがとう！」

涙目でお礼を言われて、反応に困る。

糸さんのうるうると潤んだ瞳は、なんというか破壊力がすさまじい。

「旅籠《はたご》のこともありがたいけど、実は僕、前から動画っていうのに出てみたかったんだよ。それが叶ってすごく嬉しい……！」

「そうなんですか？」

「うん。集落で小夏ちゃんを初めて見たとき、動画を撮るひとだって気づいて、こっそりカメラに映ろうとしてたんだよ」

そんなことをしていたのか。

「もしかして、わざと前を横切ったりとかしたんですか？」

テレビや動画に映りたい人によくある行動パターンだ。

「ま、まぁ。ちょっとだけだけどね」

視線が泳いでいるのでかなり怪しい。私は撮影した映像を確認した。

実際に見て驚いたのだけど、この旅籠《はたご》はなんと村の入口付近にあった。撮影時に見えなかったのは、茅の輪に触《ふ》れる前だったからだろう。

そして、確かに糸さんは映っていた。山菜《さんさい》の入ったカゴを持って、ちらちらとこちらの様子を窺《うかが》っている。

しばらくすると、偶然を装《よそお》って画面に入り込んできた。挙動が不審なので、まったく偶然を装《よそお》えてはいない。

「あ、今。思いっきりカメラ目線になりましたね」

「はしゃいでしまって、申し訳ない……」

映像の中で手を振ったり、じっとカメラを覗《のぞ》き込《こ》んだりし始めた。いたずらっ子のようだ。ドアップでにんまりと笑っていたりもして、私は思わず吹き出してしまった。

子どもみたいにカメラに写り込もうとする糸さんに、笑いが止《と》まらない。

「恥ずかしいなぁ。でも、小夏ちゃんの笑顔が見れてよかったよ」

頭を掻《か》きながら、のんびりした声で糸さんが言う。

そういえば、こんなに笑ったのは久しぶりだ。私は普段、あまり笑うことがない。

それに比べて糸さんは、真顔が笑顔というくらい、常ににこにこしている。

「今日はもう遅いから、泊まっていかない？」

そう言われて私は外を見た。どうやら雨は上がったらしい。本当にもうすっかり夜だ。

廃村《はいそん》なのでもちろん街灯などなく、あたりは漆黒《しっこく》の闇に包まれている。

都会暮らしの自分にとって、夜はネオンが光る時間帯というイメージだった。けれど、これが本当の夜なのだろう。耳を澄ますとリンリンという涼《すず》やかな虫の音が聞こえた。

「いいんですか……？」

「小夏ちゃんがよければ、どうぞ」

あやかしと、一つ屋根の下。

改めて、夜、廃村《はいそん》、白髪のあやかし……と頭の中で考える。ぜんぜん怖くない。

すっかり恐怖心が消えてしまっていることに自分でも驚いた。糸さんのおっとりした雰囲気のせいで、緊張感さえ薄れている。

「お言葉に甘えて一晩、お世話になります」

私が頭を下げると、糸さんは「お風呂を見てくるね」と言って、出て行った。

薪風呂《まきぶろ》を堪能できるのは嬉しい。さっきは、とりあえず映像におさめただけで詳しく聞かなかったけれど、温度調節はどうしているのだろう。薪割りも糸さんがしているのかな……？

薪風呂《まきぶろ》を堪能するなんて初めての経験だから、わくわくする。きっと気持ちがいいんだろうな。

髪をほどき、お風呂へ行く準備をしていると、和箪笥《わだんす》が視界に入った。趣《おもむき》のある桐《きり》の箪《たん》笥《す》だった。その一番上の引き出しが、わずかに開《ひら》いている。

「これって、浴衣《ゆかた》かな……？」

引き手の金具に指をかけ、ぐっと引くと白地に紺《こん》の柄《がら》が見えた。やはりそうだ。昔ながらの旅館にあるタイプの、シンプルな浴衣《ゆかた》だった。

私はその場で服を脱いで、浴衣《ゆかた》を着ることにした。

糊《のり》がきいて、触《さわ》るとパリッとしている。袖を通すと気持ちよさそうだった。Tシャツは雨に濡《ぬ》れたせいで、なんとなくじめっとして気持ち悪かったのだ。

「汗もたくさんかいたし」

Tシャツを頭からすっぽりと脱ぎ、浴衣《ゆかた》に袖を通す。そういえば浴衣《ゆかた》の衿《えり》って、どっちが前だっけ……と考えていると、ふいに廊下から足音がした。

トタトタとこちらに向かってくる。そして、すとん、と小気味よい音を立てながら障子《しょうじ》が開いた。

「言い忘れてたけど、箪笥《たんす》の中に浴衣《ゆかた》があるからね……あ、うわ……！　ご、ごめん……！」

糸さんが、びゅん、と音がするくらい高速で顔を横に逸《そ》らす。

（も、もしかして、裸見られた……？）

いや、浴衣《ゆかた》に袖を通していたし、きっと大丈夫。見られてはいないはず。でも、まだ帯は締めてなかったたし。もしかしたら、ちょっと胸元とか、お腹とかが目に入ったかも……？

そう思ったら、顔から火が出そうなくらい熱くなった。

「べ、別に、平気ですから……」

平気、と言っているその声が震える。

他人に裸を見られるという事態に陥ったことがないので、こういうときになんと言えばいいのか分からない。

「責任を取ります」

低い艶《つや》のある声で糸さんが言う。

頼りないへにょへにょした声しか知らなかったので、さらにドギマギしてしまう。

「せ、責任ってなんですか……？」

あ、もしかして、宿泊料金を安くしてくれるのだろうか。そうだったら嬉しい。

「小夏ちゃんをきずものにした責任を取って、僕が小夏ちゃんをお嫁さんにします……！

ぜったいに幸せにするので……！」

「こ、困ります！」

真っ青な顔でまくし立てる糸さんに、慌てて「待った」と声を掛ける。

あやかしの嫁になるという想像は一ミリもしたことのない人生だったので、とりあえず待ってほしい。さすがにまさかの提案過ぎる。

そもそも、ちょろっと裸を見ただけ（だと思いたい）なのに、きずものなんて大袈裟《おおげさ》だ。

それに、きずものにしたから嫁にするなんて、いつの時代の話なのだ。令和の世とは思えない。でも、そういえば彼はずいぶん昔から存在したらしいから、仕方ないのかもしれないけれど……

私は、しゅるしゅると帯を結びながら「そういった責任の取られ方は困ります」と改めて口にする。

「ほ、本当にごめん……」

項垂《うなだ》れる糸さんに「本当に平気ですから」と声を掛ける。

「うん……」

畳《たたみ》の上に正座した糸さんのきれいな旋毛《つむじ》を見下ろしながら、こんなところまで美しいのだな、という感想を抱《いだ》く。

「明日の朝ごはん、楽しみにしてます」

「え……？」

糸さんが顔を上げる。

「美味《おい》しい朝ごはんでチャラにします」

ちょっと安売りし過ぎな気がするけれど、仕方ない。

糸さんは「任せて！」と言って勢いよく頷いた。

それから、初めての薪風呂《まきぶろ》を体験した。

ちょっと熱めのお湯が心地よい。汗を流してさっぱりする。

湯加減は常に糸さんが見てくれていた。

立《た》ち昇《のぼ》る湯気《ゆげ》を見ていると、自然と体の力が抜けていく。疲労で凝《こ》り固《かた》まった体が柔らかくなって、じんわりと癒《いや》されていくような感じがする。

薪風呂《まきぶろ》で体の芯からぽかぽかになった。そのせいか、布団に入るとすぐに瞼《まぶた》が重くなった。

ほどよく重みのある布団が妙に安心する。

布団の中で目を閉じながら、思いがけない一日になったなぁと今日の出来事を振り返る。

美味《おい》しかった山菜《さんさい》うどん、すてきな旅籠《はたご》、美形あやかし……

そういえば、糸さんは何歳なのだろう。見た目は美青年だけど、年齢的にはおじいちゃんだったりするのかな？

いつからこの旅籠《はたご》を切り盛りしているんだろう。そんなことを考えていたけれど、結局、私はすぐに寝入ってしまっていた。

おこわと天ぷらの山菜御膳《さんさいごぜん》

翌朝、すっきりと目が覚めた。

薪風呂《まきぶろ》の効果なのか、いい睡眠が取れた気がする。

驚いたことに、自分の肌がもっちりすべすべになっていた。昨夜、入浴中にたくさん汗をかいたせいかもしれない。しっとりと、吸いつくような頬の感触に感動する。

そして、やけに体が軽い。山を登ってこの集落まで来たのに、その疲労が少しも残っていないのだ。薪風呂《まきぶろ》おそるべし。

寝ころびながら布団の上で、ぐいぐいと体を伸ばす。昨日はパリッとしていた浴衣《ゆかた》が、今は肌に馴染《なじ》んでいる。さらさらして気持ちがいい。

寝そべった体勢で体操を続けていると、障子《しょうじ》の向こうから糸さんの声がした。

「小夏ちゃん、起きた？　朝ごはんできてるけど食べる？」

朝ごはん、という言葉を聞いて、昨日と同じように私のお腹が「ぐるるるー！」と反応する。

自分はこんなに食いしん坊だっただろうか。普段よく食べているコンビニ弁当は、すべて食べきれないくらいなのに。

小食だと思っていたんだけどな、と思いながら「朝ごはん、お願いします」と糸さんに返事をした。

「えっと、大丈夫？　開けてもいい？　着替えてない？」

昨日のことを反省しているのだろう。糸さんが何度も尋《たず》ねてくる。

「大丈夫です」

「本当に開けるよ？　いい？　平気？」

しつこいくらいに確認している。

私は起き上がり、ドタドタと障子《しょうじ》に向かって歩く。ほとんど突進に近い。

そして勢いよく、シャン、と障子《しょうじ》を開けた。

「お腹が空《す》いてるので、早くお願いします」

「は、はぁい……」

さっと目を逸《そ》らす糸さんの様子を見て、自分が寝起きだったことを思い出した。

体操もしていたから、浴衣《ゆかた》が大きくはだけている。首元がたわんで肌が露出していた。

一度見られてしまった（と思う）ので、私は特に慌てることもなく彼に背中を向け、左右の合わせを直した。

帯をゆっくり結び直して振り返ると、部屋の卓袱台《ちゃぶだい》の上に御膳《ごぜん》が用意されていた。

「うわぁ、美味《おい》しそう……」

思わず声が漏れた。

色鮮《いろあざ》やかな器《うつわ》に、一品ずつ料理が盛られている。

葉っぱがそれぞれの器《うつわ》に飾られ、彩《いろど》りを添《そ》えていた。青いモミジ、ナンテン、ササの葉。特にササの葉は、なんともいえない涼《すず》しさを演出している。

主役である料理は、朝食とは思えないほどの量と豪華さだった。

「いつもこの量を出してるんですか？」

「そうだよ。季節によって採れる山菜《さんさい》が違うから内容は少し変わるけど、量は同じだね。あ、でも、いつも以上に気持ちを込めて作ったよ」

昨夜、私が「楽しみにしてます」と圧をかけたからだろう。

今すぐに食べたい気持ちと、動画クリエーターの撮りたい欲求がせめぎ合う。

「ぐるぐる」と主張するお腹をさすりながら、私はなんとか堪《た》えた。

この料理を撮らないのはもったいない。豪華で、美しくて、めちゃくちゃ美味《おい》しそうなのだ。

「季節によって内容が少し変わる」というのは大事な部分だから、テロップで文字を出すよりも糸さんから直接、説明してもらったほうがいいだろう。

私は、カメラを糸さんに向けた。

「さっきの言葉、もう一度お願いします」

ついでに、料理を一品ずつ彼に紹介してもらおう。あやかし界隈《かいわい》でも彼はイケメンらしいので、適役だ。

「え？　そ、そんな……」

なぜか糸さんは頬を染めた。恥ずかしいのだろうか。視線をあちこちに彷徨《さまよ》わせながら、落ち着かない様子を見せる。意味不明だ。あんなにカメラに写りたがっていたのに。

「早くしてください」

私が催促《さいそく》すると、意を決したようにカメラに向き直った。

「小夏ちゃんに美味《おい》しく食べてもらいたくて、いつも以上に気持ちを込めて作ったよ」

「…………ん？」

そんなこと言っていたっけ？　そういえば、言っていたかもしれないけど、私が今求めているコメントはそれではない。

「あの、ＣＭ用に撮るので……季節によって採れる山菜《さんさい》が違うから内容は少し変わる、のところを言ってください」

「え？　そこ？　あ、宣伝用だったんだ。恥ずかしいなぁ……」

糸さんがきちんとした正座から、ぐにゃりと脱力して姿勢を崩す格好になる。

「もう一度、カメラ回しますから。お願いします」

「はぁい」

ふにゃふにゃとした雰囲気のまま、糸さんがカメラを見る。

「えっと、山菜《さんさい》は季節によって採れる種類が変わります。それによって、メニューも変更しています」

じいっとカメラを見つめながら、糸さんが一生懸命しゃべっている。ちょっとカメラを意識し過ぎな気もするけど、欲しかった映像は撮れたのでよしとする。

並べられた料理の撮影も無事に終わらせた。続いて、個別に料理の説明をしてもらう。

「これは、タラの芽《め》の天ぷらです。衣《ころも》を薄くして軽い食感にしてありますので、食欲のない朝でも、美味《おい》しく召《め》し上《あ》がっていただけると思います」

糸さんがカメラに向かってコメントをくれる。

説明が終わると、私は天ぷらに箸《はし》をつけた。さくり、と軽い食感で、確かにこれなら朝から美味《おい》しく食べられる。タラの芽《め》のこっくりとした苦味と、かすかな甘み。さくさくとした衣《ころも》の食感。塩と天つゆの両方で楽しめるのが嬉しい。

「この天ぷらは自信作です。ぜひ一度ご賞味《しょうみ》いただきたいです。タラの芽《め》はそろそろ季節外《はず》れになりますので、お早めに紬屋にお越しください」

にっこりとカメラに向かって糸さんが微笑む。

慣れてきたのだろう。余裕が感じられるようになった。

私は次の小鉢《こばち》を卓袱台《ちゃぶだい》に置いた。

「こちらは、ウドのマリネです。オリーブ油、レモン汁、粒マスタードで仕上げています。初夏にぴったりのさっぱりとした味付けです」

ウドのほろ苦さとレモンの爽やかさ、粒マスタードのコクと辛《から》さのハーモニーがたまらない。シャキシャキした食感もクセになる。

「こちらは三つ葉と蒲鉾《かまぼこ》の吸い物と卵焼きです」

ふっくらとした卵焼きに箸《はし》を入れる。卵焼きは甘い味付けだった。ほのかな甘さがちょうどよい。私は熱々の吸い物をずずっとすすり、卵焼きを口いっぱいに頬張った。

正直、これだけでも大満足な朝食なのだけど、どうやらあと一品あるらしい。

「最後は、山菜《さんさい》たっぷりのおこわです。季節の山菜《さんさい》が数種類入っています。香りと旨味が凝縮したおこわを、ぜひ紬屋でお楽しみください」

カメラ目線で、最後までアピールを欠かさない。

糸さんは完璧《かんぺき》に整った顔立ちなのに、おっとりした口調と雰囲気のせいで嫌味がない。

思わず見惚《みと》れそうになりながら、おこわを口に運ぶ。

「美味《おい》しい……！」

糸さんの言う通り、香りと旨味がぎゅっと凝縮されている。

もち米のモチモチした食感がたまらなく美味《おい》しい。細切りされた油揚げも入っていて、この甘辛《あまから》い味は知っている。昨日食べたうどんのトッピングだ。これは大好きな味。

「こんなに贅沢《ぜいたく》な朝ごはん、生まれて初めて食べました」

私は膨れたお腹をさすりながら、ふぅ、と一息《ひといき》をついた。

お腹が満たされると、幸せで、ほっこりした気持ちになる。

「大げさだよ」

糸さんは照れたように謙遜《けんそん》するけれど、うそじゃない。

味はもちろん、盛り付け方、器《うつわ》の一つ一つにもこだわりが感じられて、目にも美味《おい》しいとはこのことを言うのだなと思った。

朝ごはんを食べ終えると、糸さんがほうじ茶を淹《い》れてくれた。

「熱いから気を付けて」

そう言って湯呑《ゆのみ》を渡してくれる。

「ありがとうございます」

朝食の後片づけを申し出たのだけれど、それは糸さんに断られてしまった。

「旅籠《はたご》の宣伝に協力してもらうんだから当然。小夏ちゃんは何もしなくていいよ」とのことだった。正直、上《あ》げ膳据《ぜんす》え膳《ぜん》というこの状況には慣れない。そわそわしてしまう。

一人暮らし歴が長いせいだろうか。目の前に動いているひとがいるのに、自分だけじっとしていることが、なんだか変な感じなのだ。

糸さんに告げると、きょとん、とした顔になった。そして、ふふっと笑われた。

「そもそも、お客さんっていうのは何もしないものだよ? のんびりしてもらうために宿があって、僕がいるんだから」

「……それは、そうかもしれませんが」

「もしかして、今までの旅行も落ち着かずに、ずっとそわそわしてたの? それじゃ、楽しめなかったんじゃない?」

糸さんの言葉に、私はなんと返したらいいか分からなかった。

私は、旅行をした経験がない。

動画撮影のために地方へ赴き、宿泊をしたことならある。たいてい格安のビジネスホテルだ。一人旅といえばそうなのかもしれないけれど、楽しむ旅行とは違う気がする。

残念ながら、仲良く家族旅行をするような家庭環境でもなかった。今、私は一人暮らしをしているし、両親がどこで何をしているかも分からないくらいだ。

よくよく考えてみれば、私にとって「楽しむ旅行」とは未知の領域だった。

「……小夏ちゃん？」

急《きゅう》に押し黙った私を不審に思ったのか、糸さんがこちらを覗《のぞ》き込《こ》んでくる。

「あ、いえ。なんでもないです」

私は、慌てて顔を上げた。昔のことを考えても仕方がない。暗い気持ちになるだけだ。

大切なのは、今とこれから。とりあえず、今は紬屋の宣伝に集中しよう。糸さんの自慢のレシピは、まだまだあるとのことだし。

山菜料理《さんさいりょうり》は紬屋の一番のアピールポイントだから、あますところなく撮影したい。

せっかくの料理を無駄にしないためにも、私が食べ切れる量を作ってもらい撮影するのがいいと思う。

本当は昨夜のCMだけにするつもりだったけど、糸さんも乗り気だし、私も本格的にこの旅籠《はたご》のPRをしたくなってきた。どうせなら長期で滞在して、この宿の行《ゆ》く末《すえ》を見守ろう。

こういうとき、一人暮らしは身軽でいい。自由で気楽なのだ。

染みついたお一人さま思考を巡らせながら、湯呑《ゆのみ》を口に近づける。

温かいほうじ茶を味わっていると、玄関のほうから「ごめんくださーい！」という声がした。

「はーい」

糸さんが返事をしながら立ち上がって、玄関に向かう。

「動画で美味《おい》しそうな山菜《さんさい》の料理を見て来たんだけど……部屋、空《あ》いてる？」

お客さんだ……！

動画、という言葉に胸がドキンとなる。昨日公開したばかりのCM動画に反響があったと分かり、部屋から顔を覗《のぞ》かせた。

玄関に立っていたのは、旅行バッグを持ったショートカットの女の子だった。年齢は二十代で、かなりのおしゃれ女子。流行《りゅうこう》を完全におさえたファッションに身を包んでいる。

おまけに、アクセサリーは海外で人気のブランドもの。ここまで人間社会に馴染《なじ》んでいるあやかしが存在するのだろうか。

人間ではないかと思うのだけど……

私は部屋を出て、糸さんのそばへ行って小声で話しかけた。

「糸さん、この旅籠《はたご》って人間のお客さんも来るんですか？」

でもあのCM動画は、あやかしにしか見えないはずだし……

訝《いぶか》しむ私に対して、糸さんは落ち着いた様子でおしゃれ女子から荷物を受け取っていた。

「小夏ちゃん、彼女はにんげんじゃないよ」

首を横に振りながら、糸さんがにこやかに言う。

「そうなんですか？　彼女もあやかしなんですか？」

糸さんを見上げながら問うと、おしゃれ女子が興味深そうに顔を近づけてきた。

「あやかしだよ。あたし、雪女《ゆきおんな》。っていうか、あんたこそにんげんじゃん！　あたしたちのこと、見えんの？」

ぐいぐい寄ってきた雪女が、私を上から下まで観察する。

「ゆ、雪女さん……？」

イメージする雪女像とはかけ離れている。白い着物を着ていないし、儚《はかな》げな雰囲気もない。

意外過ぎて、思わずこちらも不躾《ぶしつけ》に上から下までじろじろと見てしまう。

「そちらは、三つ目小僧《みめこぞう》と枕返《まくらがえ》しだね」

糸さんに声を掛けられて、雪女さんの後ろから二人がひょっこりと顔を出す。

着物姿の童子《わらべ》が、じっとこちらを見てくる。人間でいうと、幼稚園か小学校低学年くらいの外見をしている。頬がぷくぷくしてかわいい。

ぱちぱちと三つの瞳が同時に瞬きをする。この子は名前の通りの外見をしているのだな、と心の中で密かに思う。

「あのＣＭってさ、こっちのにんげんが撮ってるんじゃない？　この糸引き女、なんか抜けてそうだし。にんげんの作った機械とか触《さわ》れなさそうじゃん」

三つ目小僧が、私と糸さんを交互に指さす。

見た目は幼くてかわいい童子《わらべ》なのに、言うことは辛辣《しんらつ》だ。

「あんた、糸引き女の嫁さんかい？」

うひひ、と楽しそうに笑う彼女が、おそらく枕返しなのだろう。

雪女より少し年嵩《としかさ》に見える。あやかしの実年齢が外見に比例しているのかは分からないけれど。

「嫁じゃないです」

あやかしの嫁になる想像はやっぱりできないので、さくっと否定しておく。

「彼女、小夏ちゃんというんですけど。茅の輪に触《ふ》れてしまったみたいで、それで僕たちの姿が見えるようになったんです。成り行きで紬屋の宣伝に協力してくれたんですよ」

糸さんに紹介されたので、軽く自己紹介をする。

茅の輪に触《ふ》れてしまった経緯を簡単に説明した。廃村《はいそん》に来たきっかけを話すと、三つ目小僧の瞳がきらきらと輝いた。

「動画クリエーター!? おれ知ってる！ ＶＬＯＧのチャンネル見てるよ！」

まさか視聴者だったとは。

「ご視聴ありがとうございます」

私は三つ目の童子《わらべ》に頭を下げた。視聴者は大切にしなくてはいけない。

撮影機材を見たいと私にせがむ三つ目小僧を、糸さんが引き離す。

「お部屋にご案内いたします」

糸さんの笑顔の圧に負けて、三つ目小僧はしぶしぶ引き下がった。

あやかしたちの背中を見ながら、さっそく旅籠《はたご》に貢献できたことを嬉しく思った。まさか、こんなにすぐお客さんが来てくれるなんて。

お客さんが三人も増えて、糸さんは忙しくなるだろうな……

そう思って部屋に戻ると、廊下をパタパタと走る音がした。しゅたん、と障子《しょうじ》が開けられる。

「カメラ見せて！」

三つ目小僧が勢いよく部屋に入ってきた。満面《まんめん》の笑《え》みだ。

と、同時に糸さんが「勝手に障子《しょうじ》を開けないでください！」と青い顔で飛び込んでくる。

「なんでだよ？」

三つ目小僧がむすっとした顔になり、糸さんを見上げる。

他人の部屋に勝手に入ることはいけないのだけど、それはもしかしたら人間の世界だけの常識なのかもしれない。糸さんも最初、躊躇《ちゅうちょ》なく部屋に入ってきていたし。

「実は昨日、僕が急《きゅう》に部屋に入ってしまって……」

昨晩の顛末《てんまつ》を糸さんが口にした。

「はぁ？　にんげんの裸なんか見たって、面白くもなんともないんだけど。それよりカメラ見せてよ」

確かに、痩《や》せ型《がた》で女性らしい膨らみが皆無な私の裸体に価値などないだろう。それに比べて、最新式のカメラは高価な代物《しろもの》だ。三つ目小僧は見る目があると言える。

バックパックからカメラを取り出すと、彼は嬉しそうにそれを眺めた。

「なぁ、小夏」

三つ目小僧が、カメラから私に視線を移す。

「呼び捨てはどうかと思います」

ちくりと糸さんが言葉を挟《はさ》む。

「なんでしょう」

「どうしてもって言うならさ、おれも動画に出てあげてもいいよ？」

「……はい。お願いします」

どうしてもなんて、言っていないんだけどなぁ……と考えていたら、糸さんに肩を揺さぶられた。

「小夏ちゃん、なんで⁉ なんでお願いしちゃうの⁉」

糸さんが悲愴《ひそう》な顔で、私をがくがくと揺らす。

「薪風呂《まきぶろ》の映像とか、お料理を美味《おい》しそうに食べるシーンとか、賑やかな映像のほうがいいと思うので」

昨晩の薪風呂《まきぶろ》は気持ちいいお湯だった。あれはアピールポイントになるだろう。

それに、和気あいあいと食事を楽しむシーンはいい絵になるので、ぜったいに撮りたい。

「小夏ちゃんが言うなら、いいけど……まったく、ミーハーなあやかしだね」

やった、と飛び跳ねて喜ぶ三つ目小僧を見下ろしながら、糸さんが腕を組む。

あんなにカメラを意識して映りたがっていたことは、どうやら都合よく忘れたらしい。

自分のことを棚に上げる糸さんを大人気ないなと思いながら、私はくすりと笑った。

賑やかな映像にするためには、三つ目小僧の協力だけでは物足りない。

雪女と枕返しの二人にも、ぜひ出演してほしい。

そう思って、彼女たちの部屋へ行き、出演交渉を試みた。

「まずは、薪風呂《まきぶろ》に入って気持ちよさそうにしているシーンを撮りたいんです。『紬屋には薪風呂《まきぶろ》があるのか』『ゆっくり湯につかってのんびりできそうだな』『ちょっと行ってみようかな』って、そんな風に思ってもらえる映像が欲しいんです」

撮影の意図を説明する。雪女はノリがよさそうなので、すぐにOKしてくれるかもと思っていたけれど、目論見《もくろみ》が外《はず》れた。

「ちょっとぉ、雪女のあたしに薪風呂《まきぶろ》入れとか、いくらなんでもひどくない？　そんなのムリ。ぜーったいにムリだからね！」

座鏡《ざきょう》の前で、ていねいにメイクオフしている雪女に、NOを突き付けられる。

「……雪女さんは、もしかして熱いのは苦手なんですか？」

「当たり前じゃん。雪女は水風呂しかダメって常識なんだけど！」

ぷりぷりしながら、鏡越しに雪女に睨《にら》まれる。

私は人間なので、あやかし界の常識を唱えられても困るんだけど……

心の中で反論しながら、ちらりと雪女の顔を見る。

驚くことに、メイクをすべて取り去った彼女の素顔は恐ろしく地味だった。

ぱっちり二重瞼《ふたえまぶた》は消え去り、毛虫かと思うくらい巨大なつけまつ毛が座鏡《ざきょう》の隅に放置されている。

　のっぺらぼうだったのかと疑った事実は、もちろん彼女には伏せる。気を取り直して、同じ部屋でくつろいでいる枕返しに話しかけた。

「枕返しさんは、どうですか？　お願いできますか？」

「別にかまわないけどさ。ワタシより適任がいるじゃないか」

　うひひ、と楽しそうに笑う。どうやら彼女は、この笑い方がクセらしい。

「適任……？」

　誰だろう。思い当たらない。他にお客さんもいないし。

「ここの主人だよ。なかなかの色男じゃないか。ちとぼんやりしてるようだけど、あの男の入浴シーンなら女性客の食いつきもいいだろうねぇ」

　なるほど。確かに、彼の顔面偏差値は高い。

　雪女と枕返しへの出演交渉が決裂した今、彼にお願いをするしかない。

　私は、糸さんにＣＭへの出演を願い出た。

「小夏ちゃんに撮られるの？　入浴してるところを？　なんか恥ずかしいなぁ」

　もじもじと照れている。

「宣伝のためです」

そう言って圧をかけ、強引に風呂場へ連れていく。

「脱いでください」

「え、ちょっと待ってよ……」

恥ずかしがりながらモタモタと服を脱ぐ糸さんを急《せ》かす。

撮影に挑んだ結果、恥ずかしくなったのは私のほうだった。

プロとして集中しなければ、と思うのに、どうしても糸さんの露わな姿に気を取られてしまう。

ぼんやりしているくせに、こんなにきれいに引き締まった体をしているなんて詐欺《さぎ》だ。

細身なのに、しっかり筋肉が付いている。

「トレーニングとかしてるんですか？」

腰にタオルを巻いた状態で、気持ちよさそうに湯につかっている糸さんに声を掛ける。つい、ＣＭと関係ない質問をしてしまった。

「してないよ。山菜《さんさい》を採ったり掃除をしたりして、よく動いてるからね。中年太りには程遠いでしょ？」

ぱちゃぱちゃと指先で湯を弄《もてあそ》びながら、糸さんが笑う。

見た目だけなら、文句なしの美青年だ。

「中年っていうには、厚かましい年なんじゃないですか？」

本当の年齢は知らないけど、カマをかけるつもりでいじわるな指摘をした。

「あやかしの世界ではそのくらいだもん」

くちびるを尖《とが》らせた糸さんに、ぱしゃりと湯を飛ばされる。

「ふうん、そうなんですか」

それなら、語尾に「もん」は止《や》めたほうがいいのではないだろうか。

カメラを回しながら、本当に年齢不詳だなと改めて思う。

色白で艶々《つやつや》とした肌が水滴を弾《はじ》いている。二十歳そこそこの自分だって、ここまで肌に元気はない。痩《や》せぎすだからかな、と自分の細っこい腕を眺めて残念に思った。

そんなこんなで、薪風呂《まきぶろ》のCM撮影は無事に終わった。

なかなかいい映像が撮れたなと満足していると、枕返しが例の笑いを浮かべながら、こちらに近づいてきた。

「ずいぶん風呂でいちゃいちゃしてたようだねぇ」

「してません」

健全な撮影だった。彼の美しい肉体に、ほんのちょっと目を奪われたのは事実だけど、やましい気持ちなどまったく抱《いだ》いていない。

「そうかい」

うひひ、と楽しそうに枕返しが笑う。

「あの、食事しているところを撮らせてもらえませんか？　美味《おい》しそうなごはんと、それを食べながら、みんながわちゃわちゃしてるシーンがあればいいＣＭにできるので」

「面倒だねぇ」

渋《しぶ》る枕返しに、湯上がりでほこほこの糸さんが声を掛ける。

「出演していただけたら、お礼に宿泊料金を割引いたします」

にっこりと笑いながら枕返しと交渉する。

「それなら、まぁいいかね」

うひひ、と笑いながら枕返しが頷く。

「あたしも！　ごはん食べるところならいいよ！」

そう言って、のっぺらぼう……ではなく、雪女が部屋からひょっこりと顔を出す。

「あ、でもごめん！　撮影開始まで時間もらえる？　メイクオフしちゃったからさ」

「……それは、かまいませんけど」

返事をしたものの、あれほどの別人級メイクを施《ほどこ》すのに、一体どれくらいの時間を要するのか気になる。まさか、何時間もかかるのだろうか。

「時間って、どれくらいかかりますか？」

不安になって確認してみる。

「二十分くらいかな」

そう言って雪女は部屋に引っ込み、さっそくメイクを開始する。

想像していたよりは短時間だった。テクニックがすごいのだろうか。それとも、慣れると簡単にできるものなのか。化粧っけのない自分には、よく分からない。

雪女のメイク待ちの間に、糸さんが彼女たちの部屋に料理を運んでいく。

豪華で美味《おい》しそうな料理を前にして、三つ目小僧が嬉しそうに飛び跳ねる。

「うまそう……！」

きらきらした顔で、じいっと料理を眺めている。ぱちっぱちっと瞬きをする様子がかわいい。

「本当だ、美味《おい》しそうだね！」

雪女が、三つ目小僧に同調しながら席に着く。

メイクが完成したらしい。いつの間にか、ばっちり二重も出現している。

「えっと、それでは撮影を開始します。カメラに問題がないか、先に試し撮りをさせていただきます。本番ではないので、みなさんはリラックスして料理を召《め》し上《あ》がってください」

私はそう言って、カメラを回し始めた。

試し撮りというのはうそで、実はこれが本番だ。撮影に慣れていないと、どうしても動きがぎくしゃくしてしまう。うそも方便というやつだ。

「食べる前にスマホで撮ろうっと。あ、ついでにSNSにアップしよう」

雪女はどうやら、人間社会に染まりきっているらしい。スマホで撮影し、画像を加工している。糸さんは、あやかし専用のSNSは存在しないと言っていた。

「にんげん用のアカウントに紛れて、みんなこっそりやってるよ。タグとかあるから、簡単に見つかって便利だよね」

「みんなって誰ですか？」

「にんげんの世界で働いてるあやかしたち」

私が雪女の手元を凝視していたら、彼女がそう教えてくれた。

糸さんが言っていた通り、本当にあやかしは人間社会で働いているらしい。

画面を見せてもらうと、そこには『#あやかし』『#物の怪《もののけ》』『#妖怪《ようかい》』というシンプルかつストレートなタグが並んでいた。どの文字も掠《かす》れている。

「あたしと枕返しは、けっこう前からにんげんの世界で働いてるよ」

ばっちりメイクの雪女が、タラの芽《め》の天ぷらを頬張りながら言う。

「どういったお仕事をされてるんですか？」

あやかしが人間の世界で仕事を得ているなんて、ものすごく興味がある。

「あたしは夜の仕事。そのほうが儲《もう》かるしね」

「雪女さんは、夜職《よるしょく》をされてるんですね」

夜職《よるしょく》とは、お客さんの隣に座ってお酒を作り、話をする仕事。いわゆる水商売だ。

テンポのいいしゃべり方といい、メイクのうまさといい、なるほどなぁと感心していたのだけど、雪女が「違うよ」と首を横に振る。

「紛らわしい言い方してごめん。違うの、シフトが夜なだけ。東京のね、湾岸《わんがん》の倉庫街が職場。冷凍の荷物を仕分けしてるんだけど、かなりの力仕事だからさ。ネイルが剥《は》がれちゃって、すぐダメになるのが悩みかなぁ」

ラメがきらきらと輝く己の爪を眺めながら、雪女が言う。

「そんなに重いもの持たないといけないんですか？」

華奢《きゃしゃ》な体つきなのに、大丈夫なのだろうか。

「雪女は怪力《かいりき》だし、向いてる仕事だな」

三つ目小僧が、冷たい山菜《さんさい》うどんをズルズルとすすりながら言う。

私は思わず雪女の細腕を凝視した。この腕のどこにそんな力があるのか分からないけれど、きっと特別なあやかしパワーが潜んでいるのだろう。

「一年中、冷たいものに触《ふ》れる仕事だからさ、そこは雪女のあたしに向いてるっていうか。天職なんだよねぇ」

氷や凍ったものに触《ふ》れていないと、不安になる性質とのこと。どうやら、あやかしにはそれぞれ習性があるらしい。そして、その習性から逃《のが》れることはできないという。

話に耳を傾けながら、あやかしも大変だなぁと思う。

「ワタシは昼も夜も働いてるよ。ほとんど職場に住んでるようなもんだね」

枕返しが、おこわに箸《はし》をつけながら例の笑みを浮かべる。

それは住んでるというか、棲《す》んでるの間違いだろう。ツッコミたくなったけれど、空気を読んでぐっと堪《こら》える。

「働き者なんですね。ちなみに、職種はなんですか？」

「清掃員だよ」

普通だ。

「ラブホテルのね」

枕返しが、うひひ、と、今まで一番品のない笑みを浮かべる。

「……まさか、勝手に部屋に忍び込んだりしてないですよね」

私はおそるおそる聞いてみる。彼女は、枕返し。嫌な予感がする。

「忍び込んでるに決まってるじゃないか。なんのためにラブホテルを職場に選んだと思ってるんだい？」

掃除をするため、ではいけないのだろうか。

「ラブホテルはいいよ。休憩でもひと眠りする客がいるからね。普通のホテルと回転率が違うんだよ。一日に何回も同じ部屋に枕を返しにいけるから、ワタシには今の仕事が天職だね」

枕返しの習性は、その名の通り枕を返すこと。

雪女も枕返しも、各々の天職が見つかって、それは何よりだと思う。

彼女たちは、人間の世界でわりと頻繁に会っているという。

「ランチしに行ったり、映画見に行ったりしてるよ」

雪女が、スマートフォンに保存された画像を見せてくれる。

彼女の言う通り、そこには映画の半券を持って微笑んでいる、きらきらに加工されたランチ会の様子がおさめられていた。かなり人間社会を満喫しているらしい。

「ワタシたちがにんげんの世界にいるのは、移りゆく様が面白いからだね。次から次に新しいものを発明する。物だけじゃなくて思想まで変わる」

枕返しの言葉に同調するように、雪女も大きく頷く。

「それに、自分の習性にあった仕事が見つかったしね。あたしの場合、デパコスっていう尊い存在にも巡り合えたし。しばらくはにんげんの世界で、面白おかしく暮らしていくつもり」

落ちているときは毛虫に似た物体だったモノを瞼《まぶた》の際《きわ》に装着し、美しい二重瞼《ふたえまぶた》を出現させた雪女がにっこりと笑う。

私は女子力が皆無なので、デパコスは一つも持っていないし、当然その尊さとやらにも共感できない。ちなみにデパコスというのは、デパートコスメの略。デパートや百貨店のメイク売り場にブースを構える高級化粧品のことだ。

冷たい山菜《さんさい》うどんを食べ終え、今は無心で天ぷらを貪《むさぼ》る三つ目小僧にも仕事の話を振ってみる。どうやら彼は仕事をしていないらしい。人間の世界とは関わりを持たず、のんびりと気ままな生活を送っているという。

「人間でいうところの、ニートのようなものですか？」

「にいと？」

なんだそれは、という顔で私を見る。どうやら三つ目小僧は、ニートを知らないらしい。

今さらだけど、ニートと呼ばれる存在は、どのくらいの年齢までのことを言うのだろう。

だいたい三十歳くらいまでのイメージだけど……

「三つ目小僧さんって、三十歳は超えてますよね？」

外見はかわいい子どもだけど、彼もあやかしだ。

きっと長い年月、同じ姿のまま存在しているのだろうと想像がつく。

「当たり前だろ。おれのどこをどう見たら、そんな若造《わかぞう》に見えるっていうんだよ」

三つ目小僧が心外だ、という表情になる。

見れば見るほど、幼稚園児（よくて小学校低学年）なんですけど……

「……すみません」

あやかしの常識は難しい。面倒なので、とりあえず謝っておく。

そして、彼にはニートという定義は当てはまらないことが決定した。

「ただの無職というやつですね」

「これが一般的なあやかしのスタイルだぞ。のんびりするのが性《しょう》に合ってるんだよ、おれたちあやかしは」

三つ目小僧はそう言うけれど、割合でいうと「のんびり派（無職）」と「お仕事あやかし派」は半々らしい。そして、のんびり派は年々減少傾向にあるという。

「だってさ、やっぱり目新しいものに興味わくじゃん？　そうしたら、お金とかいるじゃん？」

雪女が力説する。ちなみに、彼女が所有するスマートフォンは最新モデルだった。

三つ目小僧は、ときどき彼女にスマホを貸してもらい、動画やSNSをチェックしているという。

彼ら三人組は、古くからの知り合いらしい。

三人が集まるのは半年に一度くらいのペースで、お仕事あやかしである雪女と枕返しが、シフトを調整しているという。

全員集まるときは、毎回、二週間ほど旅行をするのがお決まりだとか。

「なぁ、小夏」

三つ目小僧に、じいっと見られる。

「小夏さん、でしょう？」

空《から》になった器《うつわ》を片づけながら、糸さんがにこやかだけど低い声で指摘する。

「いつまで試し撮りすんの？　もうほとんど食べちゃったじゃん」

私はカメラを止《と》めて、映像を確認する。

みんなとても楽しそうにしゃべっている。美味《おい》しそうに食べるシーンも、きちんと撮れている。完璧《かんぺき》だ。

「申し訳ありません、試し撮りっていうのはうそでした。自然な感じの映像が欲しかったので。みなさんのおかげで、すごくいいものが撮れました」

そう言いながらぺこりと頭を下げると、三つ目小僧が悲愴《ひそう》な顔になった。

「ぜんぜんキメ顔できてない！　おれのイケてる顔が映ってないじゃん！」

キメ顔もイケてる顔も必要ない。やはり、試し撮りだとうそをついてよかった。

「もういいのかい？　んじゃ、ワタシは薪風呂《まきぶろ》に入ってこようかね」

枕返しが「よっこらしょ」と立ち上がる。

「あたしも、キンキンに冷えた氷水でも浴びて、さっぱりしようっと」

雪女も後に続き、部屋を出て行った。

私もごはんを食べたら部屋に戻って、編集作業に取り掛からなければ。

いい映像が撮れたので、後は動画クリエーターである私の腕の見せ所だ。

「ねぇ、最後にちょっとだけでいいからさ。おれのイケてるところ撮って！　特別に撮らせてあげるから！」

私の後を追いかけようとする童子《わらべ》を、糸さんがひょいっと捕まえる。

そして有無を言わせぬ笑顔で「当旅籠《はたご》のＣＭ撮影へのご協力、まことにありがとうございました」と、三つ目小僧にささやいたのだった。

スパイス香る薬膳《やくぜん》山菜《さんさい》カレー

長期で宿に滞在して、PRに協力したい旨を糸さんに伝えてから、私は自分の部屋に戻り、パソコンを開いた。

献立《こんだて》を説明してもらいながら、撮影した朝食の映像、あやかしたちの賑やかな食事シーン、そして糸さんの薪風呂《まきぶろ》動画を確認する。少しでも早く仕上げてアップしたい。

編集するのは得意だ。もしかしたら撮影自体よりも好きかもしれない。

もくもくと作業することが、性格的に合っているのだろう。

不要なところは切って、繋ぎ合わせて、イメージに合う音楽を入れる。ていねいに文章を打ち込み、画面にきちんと表示されるか確認する。

作業をしながら、ぜったいにいいCMになると確信する。映像の中の山菜《さんさい》ごはんは美味《おい》しそうだし、料理を囲んでおしゃべりをする三人のあやかしたちは終始楽しそうだった。

これを見たら、『自分も紬屋に行ってみたい！』と思ってもらえるはず。

映像の中の糸さんはきらきらしていた。ちょっと憎らしいくらいに映えている。

薪風呂《まきぶろ》の部分は、ちょっとドギマギしながら編集した。

よくよく考えれば異性の入浴シーンを見るのは初めてだった。これはただの編集作業、と自分に言い聞かせながら、手を動かす。さくさく進めたいのに、やたら糸さんの裸体が視界に割り込んでくる。仕方がないので視線を逸《そ》らしたり、薄目を開けたりして、編集を続けた。

慣れている工程なので、そう時間はかからずにCM動画は完成した。

前回は自分のチャンネルの動画に繋げてCMを流したけれど、これからも定期的に動画をアップするなら紬屋専用のチャンネルを立ち上げたほうがいいだろう。

さっそく宿の中を探し回り、糸さんを見つけて相談すると、あっさり許可された。チャンネル名は「あやかし旅籠《はたご》『紬屋』」に決まった。

人間から見ると、ただの廃村の風景を映した奇妙なチャンネルだけど、SNSには個性豊かなアカウントが溢れている。このチャンネルを特別気にかける人間はいないだろう。

糸さんの許可も取れたので、自分の部屋に戻り、チャンネルを作って動画をアップする。

自分の動画をアップする瞬間は、いつも期待と不安を感じる。少しでも見てもらえたら嬉しい。きっと、大丈夫。

でも、ぜんぜん再生されなかったら……そう思うと見捨てられたような恐怖を感じる。

まったく同じ気持ちでCM動画を公開した。

心臓がどきどきする。同時に疲労感に襲《おそ》われた。編集作業を終えて、集中力が切れたのだ。いつものことだ。

卓袱台《ちゃぶだい》に突っ伏したまま、その体勢で目を閉じる。しばらくの間、スマートフォンを開いては閉じるを繰り返した。公開したＣＭ動画の再生数が気になって仕方がない。

勇気を出して確認してみる。すると、なんともうコメントがついていた。もちろんすべて掠《かす》れた文字。心がぎゅんとなる。

『行ってみたい～！』

『ごはん美味《おい》しそう』

『予約希望です！』

『空《あ》いてる日を知りたいです』

『このコメント欄で予約することは可能ですか？』

公開して間もないというのに、宿泊希望者がメッセージを書き込んでくれていた。

ＣＭ動画の成果を実感する。嬉しい。めちゃくちゃ嬉しい。思わずその場に立ち上がった。けれど、同時にしまったと頭を抱える。

お客さんは事前に予約せず、ふらりとやって来るという話を糸さんから聞いていたので、その辺のことがすっかり抜けていた。

宣伝だけして、その後のフォローがなかった。これではダメだ。

すぐに予約専用フォームを作らなければ……！

私は慌てて作業を始めた。集中しながら、バチバチとキーボードを叩く。

熱中し過ぎると、時間の感覚がなくなる。途中、糸さんが夜ごはんを持ってきてくれて、食事をしたとき以外は、ずっと作業に没頭していた。

なんとか完成させて、ほっと一息《ひといき》つく頃には、とっくに日付が変わっていた。夜というより朝に近い。

しょぼしょぼする目をこらし、なんとか紬屋のチャンネルの概要欄に、予約フォームに誘導するためのリンクを貼る。

「糸さんって、SNS使えたりするのかな……？」

チャンネルを立ち上げると、動画の他にも写真を投稿できたり、日常のことをつぶやけたりする。

投稿ページには星マークがあり、閲覧者がそれを押すと「いいね」と表示される。

雪女を見ていると、イマドキのあやかしたちはSNSを難なく扱っているように思う。

けれど、いかんせん糸さんは古風なあやかしだ。

正直なところ、ちょっと時代に取り残されている。そんなことを考えながら、私は目を閉じた。

◆◆◆

昼過ぎに目を覚まし、部屋にこもって予約フォームに便利機能を追加した。

やり始めると凝《こ》ったものを作りたくなってしまうのだ。糸さんが使いこなせるかは、かなり微妙なんだけど。

台所へ向かうと、糸さんが慌ただしく夕食の準備をしていた。

外見だけは、最先端のあやかしだ……

「あれ？　小夏ちゃん、どうしたの」

私の残念そうな眼差しに気づいた糸さんが、手を止《と》めて笑顔を見せる。

「お仕事の邪魔して、すみません」

「ぜんぜん邪魔じゃないよ」

糸さんが手ぬぐいで両手を拭きながら、にこにことした表情で言う。

「糸さん、スマートフォンって使えますか？」

質問すると、途端に糸さんの表情がウッと硬くなる。

「僕、機械とか苦手なんだけど……」

やっぱり。古風で、世間から取り残されていそうな雰囲気があるもんなぁ。

「SNSで紬屋の宣伝をしようかと考えてまして。雪女さんも普通にスマホを使ってましたし。流行《はや》りもの好きというか、都会暮らしのあやかしには効果のある宣伝方法だと思うんです」

「う、うん。そうだね……」

かなり苦手意識があるのか、糸さんの表情は浮かない。

「大丈夫ですよ。人間社会ではシニア層だってスマートフォンを使用してますから」

「僕はまだ、中年だもん……！」

むすっと上目遣《うわめづか》いで糸さんがこちらを見る。

中年だと言い張るなら、なおさら大丈夫だろう。

「最初に朝食の撮影したとき、文字は打ててましたよね？」

かなり、時間はかかっていたけれども。

「それだけなら、まぁ……なんとか」

「だったら、写真を撮ったり加工したり、そういうのは私がします。糸さんは、文字を打ち込んで、投稿してください」

「う、うん」

糸さんが自信なさげに、それでもこくりと頷く。

さっそく最初の投稿をしたい。紬屋の外観をパシャリと撮影して、画像に文章とタグをつけてアップすることにした。

フリック入力がクセになっている自分からすると、糸さんのぽちぽち入力は、日が暮れるのではないかと思うくらいの体感だった。実際、かなりの時間を要している。

「慣れてなくて、文字を打つの遅くてごめんね」

私の視線に気づいたのか、おろおろしながら糸さんが謝ってくる。

「いえ、別に」

慣れていないのだから仕方がない。

一生懸命にぽちぽちする姿は、それはそれでかわいいと思う。小さな子どもが、初めてペンを握って文字を書いているような感じ。

『あやかし街道《かいどう》沿《ぞ》いにある旅籠《はたご》、紬屋です。この度、アカウントを立ち上げました。季節の山菜料理《さんさいりょうり》でおもてなしいたします。薪風呂《まきぶろ》でゆっくりと疲れを癒してください』

糸さんが必死にぽちぽちした結果、なかなかいい文章が出来上がった。

投稿すると、掠《かす》れた文字になって浮かび上がる。

雪女に紬屋のチャンネルを開設したと告げると、さっそく「いいね」をしてくれた。

それと同時に『あたしが拡散してあげる！』という、なんとも心強いことを言ってくれた。

イマドキあやかしの雪女は、かなり顔が広いらしい。

彼女の知人や友人だというあやかしたちから、続々と「いいね」の反応があった。

「なんかすごく、嬉しいものなんだね」

増えていく「いいね」の数を、糸さんがニマニマしながら眺めている。

「もっと投稿してみますか？　予約に結び付くかもしれませんよ」

「する！　今すぐやる！」

私のスマートフォンを両手で握りしめながら、糸さんが前のめりで返事をする。

かなりの勢いだったので、若干たじろいだ。もしかして、SNS中毒に陥りやすいタイプなのだろうか……？

密かに心配しつつ、自分のスマートフォンを彼の手から奪う。

「……今日はもう一つ投稿したので、やっぱり明日にしましょう」

「えっ、明日？　今日はもうなし？　じゃあさ、明日はどういう感じの投稿をしよっか」

糸さんが全身でうきうきしている。すごく楽しみにしているのが分かる。

「山菜《さんさい》は毎日収穫してるんですよね？　だったら、採れたての新鮮な山菜《さんさい》とかどうでしょうか」

「いいと思う！　楽しみだなぁ」

きらきらと目を輝かせていた糸さんだったけど、急《きゅう》にハッと真顔になり、私のほうを見る。

「小夏ちゃんて、早起きなタイプ？」

ものすごく真剣な顔だ。珍しく、きりっとした顔になっている。

美形オーラという名の圧から逃《のが》れるために、さりげなく距離を取る。

「どちらかといえば、夜型だと思います」

普段の私は、昼間に撮影をして、夜から編集作業を開始している。

請《う》け負《お》っている作業もあるので、気づくと深夜になっていることも多い。

「今日は早く寝ようね」

糸さんに両肩を掴まれる。

「いや、夜ごはんの後に編集作業をしたいんですけど」

「そんなことしたら、朝起きれないからダメ。明日は早起きして、僕と一緒に山菜《さんさい》を採りに行くんだから」

そんなに「いいね」が欲しいのか……。

やはりSNS中毒に陥りやすいタイプだなと確信する。

◆　◆　◆

翌朝、まだ外が薄暗い時間に名前を呼ばれた。障子《しょうじ》の向こうから糸さんの声がする。何度か彼に「起きて」と言われ、私はその度に布団の中でまどろみながら「あともう少し」と繰り返した。

このずっしりと重い布団は、本当によく眠れる。起きる際、少し困るほどだ。

「まだ寝る？　あと五分くらい？　ぜんぜん待つよ！」

障子《しょうじ》越しでも、うきうきとした糸さんの姿が容易に想像できる。

飼い主に「待て」といわれて、健気《けなげ》に待ち続けるわんこのようでもある。思わず口元がゆるんだ。

さすがにかわいそうになってきて、私は目を擦《こす》りながら体を起こした。

「もう起きます。着替えますから、もう少しだけ待ってください」

「うん！　分かった！」

糸さんが弾んだ声で返事をする。本物のわんこだったら、きっと尻尾をぶんぶん振っているんだろうなと思いながら帯をほどく。

浴衣《ゆかた》を衣桁《いこう》に掛け、動きやすいTシャツとパンツに着替える。

手櫛《てぐし》で髪を整え、スマートフォンとカメラを準備する。

部屋を出ると、糸さんが私を待ち構えていた。朝だというのに寝起きの雰囲気はなくて、ぴかぴかのオーラを放っている。

「王子様って、朝から王子様なんですね」

「おうじさま?」

糸さんが目をぱちぱちさせながら、意味が分からないという顔をする。

……寝ぼけた頭なので変なことを言ってしまった。

「ちょっと、夢の中と混同してしまったので忘れてください」

適当にごまかし、糸さんと一緒に山菜《さんさい》の収穫に出かける。

糸さんは、竹製のカゴを脇《わき》に抱えていた。

よほど楽しみなのか、足取りが軽い。軽いというか、スピードが速い。歩きにくい山道をずんずんと進んでいく。

私だって山歩きには慣れている。それでも距離が離れていくのは、おそらく歩幅のせい。悔しいけれど、長身の糸さんと私では勝負にもならない。

はぁはぁと息を切らしながら歩く私に、糸さんが気づいたらしい。

「ごめん、歩くの速かったね」

振り返りながら微笑む糸さんに、むずむずと対抗心のようなものが芽生える。

「別に。ちょっと珍しい草花があったので、見てただけです」

本当は追いつけなかっただけなのに、負けず嫌いを発揮してしまった。

「あ、そうだよね。せっかく二人で歩いてるんだから、そういうところに目を向けて季節を感じるのも大事だよね」

せっかく二人でって……紬屋のPRのために、山菜《さんさい》を採りにきただけなんだけど。

そう思ったけれど、嬉しそうな糸さんの顔を見ると何も言えなくなる。

また、心がむずむずする。

「……そうですね」

なんだか、ひねくれた子どもみたいな声が出た。

「小夏ちゃん、見て。この黄色い花はオトギリソウだよ」

糸さんがしゃがんで、山道の脇《わき》を指さす。確かに、黄色い小さな花が咲いていた。

「こっちはダイコンソウだね」

またしても黄色の花だった。私には違いがよく分からない。

「同じ花じゃないんですか」

正直に言うと、糸さんが驚いた顔になった。彼は「ぜんぜん違うよ」と笑う。

「オトギリソウはオトギリソウ科で、ダイコンソウはバラ科だもん」

「ダイコンなのにバラなんですか？」

「そっちのダイコンはアブラナ科だよ」

「……ふーん」

植物の知識が乏《とぼ》しいことはすでに露見している気がするけど、これ以上は恥をかきたくない。糸さんが一つずつ山の草花を説明してくれる間、私はひたすら聞き役に徹した。

夏の小花を観察しながら、糸さんの心地よい声に耳を傾ける。

「夏は、葉っぱの色も濃くて鮮《あざ》やかだからね」

朝陽を浴びながら、山の木々を糸さんが眺める。

料理を引き立たせていた、あの色鮮《いろあざ》やかな葉っぱたちも毎日、彼が収穫しているらしい。

糸さんはときどき、歩みを止《と》めた。その度に、少しずつカゴの中に山菜《さんさい》が増えていく。

私には草と区別がつかないものもあったけれど、さすがに糸さんは慣れているようだった。

次々に収穫している。

カメラは紬屋を出たときから回していた。動画を撮影しながら、ときどき別のカメラで写真を撮る。

山をしばらく歩き回り、必要な山菜《さんさい》を採り終わったので、紬屋に戻ることになった。

紬屋に帰ってきて、映像を確認する。

糸さんが「ごめん、歩くの速かったね」と言いながら振り返るところ。微笑んだ表情。私にオトギリソウとダイコンソウの違いを説明している様子。朝日に目を細めているシーン。山菜《さんさい》を収穫している横顔。思った通りだ。

「自然な顔が、一番いいな……」

これは、あくまでもカメラマンとしての意見だったのだけれど、同じように思ったのは私（カメラマン）だけではなかったらしい。

写真や短い動画をアップする度に、瞬く間に「いいね」がつく。

反応のほとんどは、都会で働くイマドキなあやかし女子たちからのものだった。

『かっこよ！』

『顔面つよつよー！』

『え、待って。この紬屋ってトコに行ったら会えんの？』

コメント欄では、糸さんの顔面に賞賛《しょうさん》が集まっている。

アップした後、糸さんにSNSの反応を見せに行った。

すると、SNSに沼りつつある彼なので、満足そうにスマートフォンを眺めては「嬉しいなぁ」と無邪気に喜んでいた。

◆　◆　◆

けれど、糸さんは数日経つと浮かない顔になった。

「みんな、僕に失敗を期待してるみたいなんだよ……」

ある日の夕方、私の部屋にやってきた糸さんが、スマートフォンを両手で持ちながら、涙目になっている。

糸さんは、SNSに慣れていない。そもそもスマートフォン自体を触《さわ》った経験がなかった。操作に不慣れなのだ。それゆえ、彼の投稿には誤字脱字が散見される。

『ぜひ紬屋に、お越しくだしゃい』

お越しください、と締めくくるはずが、まったく締まらないコメントになっていた。

この投稿には、『え、酔っ払い？　かわいい！』という感じのコメントが多数ついている。

『おすすめは、山菜《さんさい》ごぱんんす！』

ごはんです、と打ちたかったことは分かる。

これには『ごはん？　それともパン？　どっちだろ……それとも、ごぱんすっていうメニューがあるのかな？』という困惑の声が上がっていた。

最初のうちは、投稿する前に確認をすればよかったと、私は後悔しながら頭を抱えた。

反省していたのだけど、イマドキなあやかし女子たちがギャップ萌えしている様子を察知してからは、あえて直すことをしなかった。

『え、この顔面でまさかのドジっ子……？』

『なんか新たな扉が開きそうなんだけど』

『これはこれであり！』

『癒し～！』

この通りだ。この誤字脱字に癒されるなんて、あやかし女子たちは人間社会で疲弊《ひへい》しているのかもしれない。

決して悪いようには捉えられていないのに、糸さんの顔はどんよりと暗い。

「いいねがもらえてるんだから、喜ぶべきだと思います」

なんとか励《はげ》まそうと試みる。

「そうなんだけど。なんだかなぁ……」

けれども糸さんの表情は浮かないままだった。スマートフォンを見ては、ため息をつく。

そんな風にして糸さんは、増えていく「いいね」の数を眺めていた。

私が紬屋に来て一週間。少しずつではあるものの、予約が入るようになった。今のところ主に土日。もしくはお盆休みの時期だ。

おそらく、人間社会で働くあやかし女子の方々が主に予約してくれているのだろう。

「僕の失敗が注目されるのは悲しいけど、でも予約は確実に増えてきてる。小夏ちゃんのおかげだよ～！」

うるうると涙目になりながら、糸さんが予約フォームを覗《のぞ》き込《こ》んでいる。

「やっぱり宣伝するって大事なんだね。僕ね、一つ目のCM動画を四十回は繰り返し見てるんだ」

「……なんのためにですか？」

意味不明な回数に慄《おのの》く。

「小夏ちゃんがさ、すっごく分かりやすく説明してくれてるでしょう。お風呂が気持ちいいとか、ごはんが美味《おい》しいとか。献立《こんだて》も細かく文字に起こしてあって、すごいなーって思いながら見てる」

編集の腕を褒《ほ》められたようで嬉しい。

「でも、不思議だよね。CM動画のさ、ほらここ。リンクっていうの？　ここを押すと予約サイトに繋がるんだもん。なんだか僕が知らないうちに、便利な世の中になってるんだね」

「私が物心ついた頃にはすでにそういう世の中だったので、糸さんの気持ちはよく理解できないのですが……でも、慣れたら『そういうもの』なんだと、ごく自然に受け入れられるんじゃないでしょうか」

「ジェネレーションギャップっていうやつだね」

にこにこと笑いながら糸さんが言う。

ギャップが過ぎる気がしたけど、さすがに失礼だと思ったので心の声として留《とど》めておく。

「どういう仕組みなんだろうね？」

こわごわと画面をタップして、自分も予約フォームに飛んだりしている。

珍しいおもちゃで遊んでいる子どものようにも見える。

「糸さんには、ちょっと難しいかと思います」

興味津々《きょうみしんしん》なのはいいのだけど、説明すると長くなりそうだ。

「僕だって、すまふぉを触《さわ》れるようになったんだし、ちょっとくらいなら分かるよ？」

編集作業中の私の背中に、ぴったりと糸さんがくっついてくる。

「ね、予約はいってる？」

おそらく、この距離感に他意はない。単純にパソコンの画面を見たいのだろう。

手に持っている「すまふぉ」とやらで確認すればいいのに。

「いつ？　何名様？」

矢継《やつ》ぎ早《ばや》に質問した後、嬉しそうに紙のカレンダーを持ってくる。

「来週の土曜日に、お二人。女性ですね。一泊二日」

私の声に「うん、うん」と頷きながら、糸さんがカレンダーに予約人数を書き込んでいる。

なんとアナログな……

「あの、糸さん。ここをクリックすると、予約フォームが出てきます。スマホの場合はここです。ほら、カレンダー仕様になっていて、見やすいでしょう？　わざわざ紙に書かなくてもいいんですよ」

懇切《こんせつ》ていねいに予約フォームの見方を教える。ついでにパソコンとスマートフォンの簡単な操作方法も指導する。

「僕、そういうのムリ。苦手だもん」

……そうですか。ついさっき、すまふぉなら触《さわ》れるって、言ってましたよね？

心の中で密かにツッコミながら、糸さんのカレンダーを眺める。

『女性、二人』と書き込まれ、土曜から日曜まで矢印が引かれている。

これで一泊二日という意味なのだろう。大きくて、意外に男らしい文字だ。

「さすがに肩が凝《こ》ったな……」

編集作業を長時間していたせいで、肩が凝《こ》り固《かた》まっている。

首を回し、座ったまま上半身を捻《ひね》るとパキパキと音がした。

「小夏ちゃん、お疲れさま。肩、揉《も》んであげようか？」

「……いえ、けっこうです」

他人と至近距離で接することに慣れていない。その上、肩を揉《も》まれるとか……ありなのだろうか？　私が意識し過ぎている？

ぐるぐると考えているうちに、がしっと肩を掴まれた。

「まぁまぁ。遠慮しないで」

強引なあやかしだ。

「うわぁ、すごい硬い！」

なんだか、感心したように糸さんが叫ぶ。

「なんで、ちょっと嬉しそうなんですか」

振り返りながら不満げにいうと、にこやかな表情で「やりがいがあるから！」と返された。

「そうですか。い、いたっ！　いだだだ……！」

ぐいぐいと力強く筋肉をほぐされる。自然と悲鳴にも似た声が漏れる。

彼の指は、細くてとてもきれいだった。白くて、繊細なつくりをしている。

お社《やしろ》で初めて手を繋がれたときも、そう思った。

それなのにこんなに力強い。あやかしだから？　それとも男性だから？

凝《こ》り固《かた》まった体を強引にほぐされる痛みと、訳の分からないむずむず感で、息ができなくなる。

血流の流れがよくなったのか、緩んだ箇所からじんじんと熱を感じた。

うなじに、優しく手のひらを当てられる。肩甲骨をぐりぐりと刺激され、思わずうめいた。

「ったい、ですっ……！　うぅ……！」

涙目で訴《うった》えているのに、力は弱まらない。しばらく糸さんのマッサージは続いた。

最後に、ぱん！　と肩を軽く叩かれ、彼の手は私の体から離れていった。

正座している力もなくなり、畳《たたみ》の上に体を投げ出す。そのまま脱力していると、いつの間にか部屋を出ていたらしい糸さんが、丸盆にグラスを載せて戻ってきた。

「小夏ちゃん？　大丈夫？　冷たい麦茶だよ」

糸さんがそう言って、グラスを卓袱台《ちゃぶだい》に置く。

「大丈夫じゃないです」

そうは言ったものの、自分の体は驚くほど楽になっていた。

起き上がって麦茶に手を伸ばすと、肩がものすごく軽いので驚いた。

ごくごく飲み干しながら、ちらりと糸さんを見る。

かなり力を使ったはずなのに、少しも息が乱れていない。

体がすっきりと軽くなったら、次は眼精疲労が気になった。視界がしょぼしょぼと霞《かす》んでいる。

作業で目を酷使《こくし》したせいだろう。少し重たい感じのする目頭を押さえていると、糸さんが「大丈夫？」と覗《のぞ》き込《こ》んでくる。

「目が少し疲れてるみたいですね。でも、平気です。点眼《てんがん》すると多少は楽になるので」

コンタクトレンズを外し、目薬をさす私を、糸さんが物珍しそうに見る。

「なんですか？　そんなに見られたら、うまく目薬させないんですけど」

「めぐすりっていうの？　あやかしは使わないから、なんか気になって……なんかそれって、思わず目を閉じちゃいそうだね」

糸さんは覗《のぞ》き込《こ》むようにして、私の手元をじっと見ている。

両目に点眼《てんがん》しながら、ふいにいたずら心が芽生えた。

思いっきりぐりぐりとやられたので、やり返したい気持ちもある。

「糸さんにも、さしてあげます」

「え？　僕はいいよ。あやかしはそういうの必要ないから」

ぶんぶんと顔を横に振る糸さんの肩に手をかける。

「まぁまぁ。何事も経験ですから」

そういって、手にぐっと力を込めて糸さんを押し倒す。

半ば強引に畳《たたみ》の上に寝かされた糸さんは、不安そうな顔をしている。

「目に異物を入れるのは、心配なんだけど……」

糸さんは仰向けに寝転がり、胸のあたりでぎゅっと両手を握っている。

「すっきりしますから。それに、害になる成分は入ってませんよ」

「そ、それなら、お願いしようかな……」

びくびくしながら糸さんが言う。

糸さんは好奇心はあるけれど、怖がり。素直でかわいい性格だ。

「さしますよ。目を大きく開けて。いいですか、閉じないでくださいね」

目薬を持ちながら、そっと糸さんの顔に近づける。

「なんか、そう言われると余計に閉じちゃう気がするんだけど……！」

必死に目をしょぱしょぱとさせる糸さんが小さな子どもみたいで面白い。

ぎゅっと目薬を押すと、ぽたりと点眼液《てんがんえき》が彼の瞳にヒットした。その瞬間、糸さんが大きく体を震わせる。

「ぎゃっ……！」

驚いた糸さんは、ぎゅっと目を閉じた。

「小夏ちゃん！　こ、これ、ものすごく痛いんだけど……？」

畳《たたみ》の上でじたばたする糸さんを見ながら、ぐりぐりされた件での溜飲《りゅういん》を下げる。

「そういう目薬なんです」

私が愛用している目薬は、さした瞬間にキーンとくる爽快感のあるタイプなのだ。

「スースーして痛い……！」

瞬きを繰り返しながら、点眼液《てんがんえき》なのか涙なのか分からないもので、瞳をうるうるさせていた糸さんだったけど、しばらくすると落ち着いたようだった。

「なんか、前より目が見えるようになったかも」

きょろきょろと周囲を見渡して、「間違いないよ！　前より見えてる！」と喜んでいる。

「目薬に視力を上げる効能はないはずなんですけど」

プラセボ効果に陥りやすいタイプかもしれない、と思っていると、急《きゅう》に糸さんが立ち上がった。

「いいものがあったのを思い出したから。待ってて！」

パタパタと部屋を出て行き、しばらくすると糸さんが戻ってきた。

「よかったら使って」

糸さんが差し出したのは、手のひらサイズの枕のようなものだった。薄いブルーのチェック柄《がら》。左右均等のピーナッツみたいな形をしている。

「なんですか、これ……?」

「小豆《あずき》のアイピローだよ」

布製のアイピローはじんわりと温かかった。横になり、目元を覆《おお》うようにアイピローを載せる。

「……気持ちいいです」

目元を温めていると、少しずつ体全体がぽかぽかしてきた。じんわりとした温かさが心地いい。凝《こ》り固《かた》まった筋肉が、ゆるゆるとほぐれていくような感じがする。

「よかった。もう少しで夕食だから、ゆっくりしててね」

糸さんの顔は見えないのに、笑っていることが分かる。

◆　◆　◆

じんわりとしたアイピローの温もりが気持ちよくて、つい眠ってしまったらしい。

ふと気づくと、外は真っ暗だった。

「どれくらい寝ちゃったんだろう」

目薬のせいなのか、アイピローのじんわり熱のおかげなのか、寝起きなのに視界はすっきりとしていた。

「あ、小夏ちゃん起きた？　ごはんできてるよ」

廊下を歩いていた糸さんが、私に気づいて声を掛けてくる。お膳《ぜん》を運んでいる最中だ。

「すみません、いただきます。なんか、すっかり寝てしまったみたいで」

畳《たたみ》の上だと寝つきがいいらしい。どちらかといえば眠りは浅いほうなのに、この旅籠《はたご》に来てからは、不思議とぐっすり眠れる。

「今夜はね、山菜《さんさい》がたっぷり入ったカレーだよ。小夏ちゃんのぶんもすぐに持ってくるから」

カレーと聞いて、思わず唾《つば》を呑《の》み込《こ》む。

「美味《おい》しそう……」

スパイシーで食欲をそそる香りが漂ってきた。

「本当？　よかった。品数たっぷりの献立《こんだて》を考えてたんだけどね、三つ目小僧がカレーを食べたいって聞かなくて」

糸さんが仕方なくカレーを拵《こしら》えていたら、他のあやかしたちも「カレーが食べたい」と言い出したらしい。その気持ちはすごく分かる。だって、ものすごくいい香りなのだ。

「待ってます」

できるだけ早くお願いします、と付け足すと、糸さんは素早く雪女たちの部屋にカレーを運んでいった。

そして台所へ行き、しばらくすると、部屋に戻った私のもとに小走りでやってきた。

「小夏ちゃん、お待たせ！」

そう言って、糸さんは息を切らしながら、カレーを目の前に置いてくれる。

大皿に、ごはんがこんもり。その上にカレーがたっぷりかかっている。

本当に、なんともいえない食欲を刺激する香りだ。

「けっこうスパイス入ってますか？」

「うん。カルダモンとかコリアンダーとかクミンとか、他にもいろいろ入れて薬膳《やくぜん》カレーにしてみたんだ。あ、もしかして苦手だった？」

「スパイスたっぷりのカレーは好きなので嬉しいです」

さっそくいただく。スプーンにごはんとスパイスカレーをたっぷりとすくい、パクリと口に入れる。

「おいひい……！」

数種類のスパイスが複雑に絡み合う。ピリリとした辛《から》さが美味《おい》しい。今日の山菜《さんさい》は、少し苦味があるタイプなのかもしれない。

ほのかな苦味とスパイスが混ざりあって、止《と》まらない美味《おい》しさだ。福神漬《ふくじんづけ》も山菜《さんさい》入りで、スパイスカレーと相性が最高だった。

「夏に辛《から》いもの食べるのって最高ですね」

うっすらと汗をかきながら、それでもカレーをすくう手が止《と》まらない。

「小夏ちゃんって、美味《おい》しそうに食べる選手権でけっこういいところまでいけそうだよね」

「残念ながら、そういう選手権は人間の界隈《こっちかいわい》にはないですね。少なくとも私は聞いたことないです」

「あやかしの世界にもないかなぁ」

「なんですか、それ」

糸さんと他愛のない会話をしていると、ふいに背後に視線を感じた。

振り返ると、障子《しょうじ》の向こうから、じっとこちらを見る老婆《ろうば》がいた。

「あ、あの……？」

糸さんに問うと、ああ、と彼は笑った。

「彼女は小豆婆《あずきばばあ》だよ」

「あずきばばあ……？」

思わず、糸さんが言ったことを復唱する。

白装束に身を包んでいる。お遍路《へんろ》さんのような格好だ。

「小豆《あずき》、よかったやろ？」

「はい……？」

あずき？　あ、もしかして。

「もしかして、アイピローの小豆《あずき》って」

「うちが丹精込めて洗った小豆《あずき》や」

やっぱり。

「彼女は、この旅籠《はたご》の常連なんだ。今回もしばらくは滞在する予定。一週間くらいかな？」

糸さんが小豆婆に問いかける。

「いつも通りや」

小豆婆が頷く。

どうやら、彼女はあやかし街道《かいどう》を歩いて旅しているらしい。

そうすると、あやかしの力が高まるのだとか。

「言い伝えみたいなもんやから、すっかり廃《すた》れたけどなぁ。昔は街道《かいどう》ですれ違うあやかしも多かったのに、今はさっぱりやわ」

「おかげでうちの旅籠《はたご》もぜんぜんお客さんが来なくなりました」

困りましたよ、と糸さんが笑う。

「でも、今日はえらく賑やかやなぁ。盛況でええやんか」

「彼女のおかけで、なんとか」

糸さんがそう言いながら、私を見る。

「御崎小夏といいます」

自己紹介と、ここに来た経緯を説明して頭を下げる。

「にんげんと話をするのは久しぶりやな」

「そうなんですか？」

「昔はな、こっちの姿が見えるにんげんも多かったんやけど。いつの間にか、見えへんにんげんばかっかりになったなぁ」

昔、人間とあやかしは、もっと身近な存在だったという。

「……小豆《あずき》、欲しいやろ？」

「え？」

「持って帰り。いい小豆《あずき》やから」

小豆婆にぐいぐいと小豆《あずき》を押し付けられる。

「あ、ありがとうございます」

関西の人は押しが強いと聞いたことがあるけれど、あやかしもそうなのだろうか。問答無用で大量の小豆《あずき》を渡されそうになった。

「そんなにたくさん、持って帰れないよ」

糸さんがやんわりと断ってくれたので、なんとか事なきを得たのだけれど。

「しょうがないなぁ。これくらいやったらええのん？　ほんまに、あんた棒切れみたいな細い足して。そんなんで山道歩けるんか心配やわ。ちゃんと帰れるんかいな」

「大丈夫です。一応、ここまで歩いてきましたから」

ありがたく、少量の小豆《あずき》をもらう。艶々《つやつや》としてきれいな小豆《あずき》だ。普段は料理をしないけれど、帰ったら赤飯《せきはん》でも炊いてみようかなと考える。

「洗っても洗っても足りひんの。困った習性やね」

小豆婆がため息をつく。

ちなみに、こうしている今も、彼女は小豆《あずき》を洗いたくて仕方がないらしい。

「この旅籠《はたご》のそばには小川があってな、その清流で小豆《あずき》を洗うとめちゃくちゃ気持ちがいいんよ」

小豆婆はうっとりしながら、小豆《あずき》の袋を抱え直す。どうやら、今からその小川で小豆《あずき》を洗うらしい。軽い足取りで玄関のほうへ消えていった。

あやかしたちは、それぞれ習性を持っているのだと改めて感じる。

小豆婆は、小豆《あずき》を洗っていると安心できると言った。

枕返しは、枕を返すことに執念を燃やしているし、きっとあれも習性なのだろう。

そういえば雪女も「冷たいものに触《さわ》れる仕事」を天職だと言っていたっけ。

「なかには、三つ目小僧みたいに習性が強く出ないこともあるけどね」

糸さんが言いながら、肩をすくめる。

ちなみに、三つ目小僧の習性は、三つの目で人間をじっと見つめることらしいのだけど、どう思い返してみても彼に見つめられた覚えはない。個人差があるのか……。

ふと、糸さんはどうなのだろうと思った。

「もしかして、このアイピローは、糸さんの手作りですか？」

淡い水色のチェック地に、白い糸で細かな縫い目が確認できる。

「そうだよ」

改めて、小豆《あずき》のアイピローを手にする。ほどよい小豆《あずき》の重み。

規則正しく並んだ縫い目を見ながら、糸さんらしいていねいな作りだなと思った。

「糸さんの習性って、縫うことですか」

「……そ、そうだけど。わ、分かっちゃうものなのかな?」

糸さんがビクリと肩を震わす。そして、気まずそうに視線を逸《そ》らした。

「このきれいな縫い目を見たら、そうなのかなって」

均等に並んだ美しい縫い目。それを、人差し指でなぞる。

「小学生の頃、家庭科の授業で縫う練習をしたことがあります。フェルト生地《きじ》だったと思うんですけど。何かの模様が描《えが》かれていて、その線に沿って並縫いしていくんです。縫い目があっちを向いたりこっちを向いたりして、ぜんぜん真っすぐにならないんです」

「うん……」

「それに比べて、糸さんのはとてもきれいですね」

私の手の中にある小豆《あずき》のアイピローを、糸さんがちらりと見る。

「夜中とか……」

うつむきながら、彼がぽつりと言う。

「はい」

「特に一人でいるとダメで。居ても立っても居られない感じがして、必要もないのに縫ってて……気づいたら何時間もそうやってることがある……」

「そうなんですか」

「小夏ちゃんに言ったら、あやかしって変なんだなって思われそうで、実はあんまり言いたくなかった……」

糸さんはうつむいたままだ。

「変なんて思ってませんよ」

私はなんでもないことのように返した。だって、本当に変だなんて思っていない。

糸さんは、ハッと顔を上げて私を見た。なぜだか、泣きそうな顔をしている。

いつもみたいに笑ってほしい。

冗談めかして「ミシンいらずですね」というと、彼は少しだけ笑顔になった。

「確かに、僕がいたらミシンがいらないし。すごく便利だね」

「必要になったら糸さんにお願いしてもいいですか？　服が破れたりとか、浴衣《ゆかた》がほつれたりとか。そういうときに」

「もちろんだよ。特に浴衣《ゆかた》は、僕が生地《きじ》を裁断して手縫《てぬ》いしたものだから、直すのも簡単だしね」

「え、そうだったんですか？」

最近は、毎夜パジャマ代わりにしている浴衣《ゆかた》。これも、彼が縫ったものだったとは。

「小夏ちゃんが毎日、袖を通してくれて嬉しい」

どうやら、すっかり立ち直ったらしい。ニマニマと糸さんは笑っている。

「……ちょっと、思ってたことがあるんですけど」

「うん？」

糸さんが首を傾げる。お馴染《なじ》みのあざとい仕草。

「昔ながらの旅館っぽい浴衣《ゆかた》だなって……」

「うちは、昔ながらの旅籠《はたご》だもん」

何か問題でも？　という顔で糸さんがこちらを見る。

いや、ぜんぜん問題はないんだけれど。

「ちょっと渋《しぶ》いというか、地味ですよね」

「旅館とかの浴衣《ゆかた》って、こういうものじゃない？」

衣桁《いこう》に掛けてある浴衣《ゆかた》を眺めながら、糸さんがまたしても首を傾ける。

「これはこれでいいと思います。けどほら、動画とか、ＳＮＳの効果で若い女性が予約をしてくれたじゃないですか。たぶん、彼女たちはもっと派手というか、かわいい感じの浴衣《ゆかた》のほうが喜ぶと思うんです」

胡坐《あぐら》をかいた糸さんが腕を組む。考え込むような体勢だ。

「……そういえば、雪女も言ってた」

「何をですか？」

「『えーっ、この浴衣《ゆかた》着るの？　柄《がら》が地味すぎー！　センスなーーい！　すっごいダサいんだけどぉ！』って」

糸さんが雪女の口マネをする。雪女らしいストレートな物言いだ。

受け取り方によっては、切れ味が鋭い。誰だって「ダサい」と言われれば傷《きず》つく。

「……かわいい浴衣《ゆかた》、縫う」

糸さんは、しょんぼり気味だ。

こういうときに彼は、つい慰《なぐさ》めたくなるオーラを放っている。

「どうせ、いつも縫ってるし。必要がなくても縫ってるし」

ちょっと卑屈《ひくつ》にもなっている。

「どんな浴衣《ゆかた》になるのか、楽しみです」

「……本当？」

糸さんが上目遣《うわめづか》いで見てくる。なかなか、面倒な性格だ。

「本当です。かわいくて、あやかし女子に喜んでもらえるような、浴衣《ゆかた》を仕立ててくださいね」

「女子のセンスとか分からないから、生地《きじ》は小夏ちゃんが選んでくれる？」

「分かりました、任せてください。じゃあ、食事が終わったら部屋に行きますね」

糸さんはいつも旅籠《はたご》の仕事を終えてから、自分の部屋でちまちまと縫い物をしているらしい。生地《きじ》も部屋にあるというので、後で彼の部屋に行くことにした。

「ぼ、僕の部屋に来るの……？」

呆然《ぼうぜん》とした顔で糸さんが私を見る。

「何か問題でも？」

私の部屋でもいいけれど、わざわざ生地《きじ》を運ぶのは面倒ではないだろうか。私が部屋に行ったほうが、糸さんも楽だと思うのだけど。

「……問題は、ないです」

ちょっと歯切れの悪い返事をしてから、糸さんが仕事に戻っていった。なんだったのだろう。

一人になると、急《きゅう》に部屋の中がしんと静かになった。

私はスマートフォンを取り出して、世間の流行《りゅうこう》とされるものを眺めた。

「任せてください」と安請け合いしたものの、イマドキのあやかし女子の趣味というのは正直なところよく分からない。

　そもそも人間だし。イマドキの女子でもないし。おしゃれスポットにも無縁。最近の流《りゅう》行《こう》にも疎《うと》い気がする。

　職業だけは最先端な気がしないでもないけど、これは偶然というか。人がいなくなった村を訪れるついでに自然を撮影して、後はひたすら編集作業をするだけ。

　作業をするときは、集中するためにブラインドを下げている。昼なのか夜なのか、今日が何月何日なのか。ときどき分からなくなることがある。

　一人ですべてやっているから、誰かと会話することもない。編集作業の依頼は、メールかチャットが主だ。そこには、簡素な文字列があるだけだった。

　SNSで人気のハッシュタグを検索する。同じく、あやかし仕様のタグも追う。流れ込んでくる情報を眺めながら、人間とあやかしの『おしゃれ』『流行《りゅうこう》』『かわいい』には大差がないことを知る。

◆　◆　◆

　糸さんの部屋は、紬屋の一番奥にあった。

彼の部屋に足を踏み入れたのは初めてだ。きれいに片づいている。殺風景過ぎて、寒々しいとさえ感じる。

「本当に、糸さんの部屋なんですか？」

「う、うんっ？　そうダヨ……？」

「なんか、不自然なくらい物がなさ過ぎると思うんですけど」

「そ、そうカナ……？」

糸さんがきょろきょろと視線を彷徨《さまよ》わせている。そして、声が裏返っている。明らかに挙動不審だ。

何かを隠したいのかもしれない。言いたくないなら、それでもいい。

「それで、生地《きじ》ってどこにあるんですか？　押し入れですか？」

しまってありそうなのは、押し入れくらいしかない。手をかけようとすると、慌てた様子の糸さんに阻止される。

「こ、ここはダメ……！」

押し入れと私の間に体をすべり込ませ、糸さんが両手でバツを作る。

同時に、押し入れの中でドサッと何かが崩れる音がした。

まずい、という顔で糸さんが押し入れを見る。

「もしかして、この部屋ってもともと散らかってました？」

「え？　えっとぉ……」

尋常《じんじょう》ではないくらいに視線が泳いでいる。それは、もうイエスのサインですよ、糸さん。

「ぜんぶ押し入れに隠したんですか？」

「だって……！　片づけられない男は嫌われて蔑《さげす》まれて踏みつけにされるんだよ。あやかし界隈《かいわい》では常識なんだ……！　小夏ちゃんには踏まれてもいいけど嫌われたくはないし！　蔑《さげす》まれるのもムリ！　けど時間がなかったから。仕方なく押し入れにぎゅうぎゅうに押し込んじゃったんだよ……」

糸さんが両手で顔を覆《おお》った。私が部屋に来ることを彼が渋《しぶ》っていた理由が判明した。散らかっているところを見られたくなかったのだ。まぁ、それは誰だってそうだ。私も配慮が足りなかったかもしれない。

「私は人間なので、あやかし界隈《かいわい》の常識とやらは知りません」

「あ、うん。そうだね……もしかして、にんげん界隈《かいわい》だと部屋が汚くてもＯＫな感じ？」

糸さんが希望を見出したような、縋《すが》るような顔になる。

「どんな界隈《かいわい》でも、汚いよりきれいなほうがいいでしょうね」

きっぱり、すっぱりと言う。

そして、たとえ頼まれても糸さんのことは踏まないと宣言しておいた。

二人で押し入れから、必要なものを戻す。卓袱台《ちゃぶだい》、ふかふかの座布団、和室用の小さな食器棚、それから手芸道具。手元を照らすための和蝋燭《わろうそく》もあった。

ちらりと押し入れの中を覗《のぞ》くと、汚いというより、物を捨てられないのだと思った。大切に長く使って、大事にする感じ。お年寄りに多いタイプだ。年齢のことを言うと、またぷりぷり怒《おこ》りそうだったので、止《や》めておいたけれども。

「カラフルな柄《がら》の生地《きじ》、けっこうあるじゃないですか」

ずらりと並んだ色鮮《いろあざ》やかな生地《きじ》に、思わず感嘆の声が漏れる。

「生地《きじ》を集めるのは好きなんだ。わりと持ってるんだけど、使い道がなくてね」

似合う？　と得意げに言いながら、糸さんが明るい柄《がら》を自分の体に当てる。

「……似合ってないです」

「え、うそ⁉」

正直に言って似合っていない。これには私も驚いた。イケメンはなんでも合うと思っていた。

「糸さんにはシックなほうが合うと思います。というか、今気づいたんですけど。派手同士だと潰し合うみたいですね」

糸さんの顔は派手なタイプのイケメンだ。その長所が、明るい柄《がら》とケンカしている。

「この柄《がら》……私には合うと思うんですけね」

自分で言ったくせに微妙に落ち込む。

地味な顔立ちなのは自覚しているけど、派手イケメンの前ではそっとしておきたい事柄《ことがら》だった。

「小夏ちゃんは派手な柄《がら》でも渋《しぶ》い柄《がら》でも似合ってるよ！　どっちも着こなせる小夏ちゃんはすごいと思う」

「……どうも」

糸さんはお世辞がうまい。お世辞だと分かっているのに気分が浮上する。

私は単純だなと思いながら、新たに仕立てる生地《きじ》を見繕《みつくろ》った。

白地にカラフルな色彩で草花や木の実を表現したもの、濃淡のグリーン地に優美な芍薬《しゃくやく》の白が入った生地《きじ》。

薄いピンクとブルーの浴衣《ゆかた》は、それぞれ柄《がら》がない代わりに総レースにするのはどうだろうか。あえてシックな色合いにして、帯だけをレース状にするアイデアも湧《わ》いた。

「ぜったいに、かわいい仕上がりになると思います……！」

イマドキ女子の感覚に疎《うと》い自分でも、さすがにテンションが上がる。

さっそく、糸さんが型紙に合わせて裁断していく。鋏《はさみ》は大きくて、ずっしりと重そうだった。じゃきんじゃきんと布を裁つ音が部屋に響く。

すべてのパーツが準備できたら、次に針と糸を用意する。糸さんが和蝋燭《わろうそく》に火を灯した。手元を照らしながら、一目ずつていねいに縫い合わせていく。

ときどき、蝋燭の炎が揺れた。橙《オレンジ》の明かりに照らされ集中している糸さんの顔は、今までに見たことがないくらいきれいだった。厳《おごそ》かな雰囲気さえ感じた。この行為のどこに恥ずべきところがあるのか、私には分からなかった。

しんと静まり返った部屋の中で、息を殺しながら糸さんを見た。誰にも見せたくないと思った。そんな風に思うのは、動画クリエーターとしては間違っている。

自分の間違った思考を懲《こ》らしめるために、私は糸さんにある提案をした。

「配信しませんか」

「え？　配信？」

柔らかい炎に照らされた糸さんが、私のほうを向く。

「糸さんが、新しい浴衣《ゆかた》を仕立てているところを見てもらうんです。宣伝になると思うので。こんなにかわいい浴衣《ゆかた》を準備してお待ちしてますよっていうアピールをするんです」

「なるほど……見られるのは、正直ちょっと恥ずかしいんだけど。でも、小夏ちゃんが言うならいいよ」

「じゃあ、準備しますね」

そう言って一度、自分の部屋に戻る。機材を持って再び糸さんの部屋に行き、カメラをセットする。

急遽、配信することになったとSNSで報告する。すでに深夜だったけれど、いくつか反応があった。

「開始して大丈夫ですか？」

「う、うん」

糸さんは、幾分か緊張した面持《おもも》ちになった。それでも、手元は動きを止《と》めないところがすごい。配信を開始してからしばらくすると、コメントが来た。

糸さんが見えるようにタブレットを配置しているので、読み上げてもらう。

「『深夜にイケメンありがたい〜！』……っていうコメントが来たんですけど。あ、ありがとう。イケメンって僕のことですか？」

緊張と戸惑いが半々といった感じの顔で糸さんが画面を見る。ときどき私のほうにも視線をやる。指示を仰いでいるようだったので、紙に大きく『いい感じです』と書いて掲げる。

私は配信の画面には映らないように配慮した。特に意識した訳ではなく、いつものクセだった。自分は常に裏方という意識だったので、画面に入り込むという考えがなかった。

その結果、リスナーからしたら、旅籠《はたご》のイケメン主人と深夜、密かに繋がっているという感覚の配信になった。妙に乙女心をくすぐる内容だ。

『またコメントが来たら、その調子で読んでください』と指示を書いて、糸さんに見せる。

次のコメントはすぐに来た。

「『なんかすごくかわいい布地ですね。女性用？ 彼女用ですか？』……あ、いや、違うよ。これは旅籠《はたご》の仕事というか。お客さん用で。浴衣《ゆかた》を新しくしつらえてます」

私はその調子、と頷きながら『コメントと会話する感じ、いいです』と書いて掲げる。

「『お仕事お疲れさまです！』……うん、ありがとう」

少し低くて、甘い感じの優しい声だ。こういうのをイケボと表現するのだろう。

「『彼女とか、いるんですか？』……え、ええ？ いや、それは、どうだろう。いないと思います、彼女。い、いないよね？」

自分のことなのに、なぜ疑問形なのだ。そしてなぜそこで私を見る？

さらさらと指示を書く。『糸さんからも問いかけてください』という私からの文言を確認した彼は、視線で了解、と合図する。

「えっと、女子のみなさんは、どういう浴衣《ゆかた》が好きですか……？」

糸さんの問いかけに、予想もしなかった大量のコメントが飛んできた。読み上げが追いつかない。すごい勢いだ。慌てて閲覧数を確認すると、とんでもない数字になっていた。

……え、バグ？　桁が違うんじゃなくて？

数字に驚きながら糸さんを見ると、流れていくコメントに目をぱちくりしながら戸惑っていた。さすがに手が止《と》まっている。

「あ、ありがとう。すごくコメントが来た。ちゃんと読めなくてごめんね。このコメントって残るのかな？　残ってたら、後でちゃんと一つずつ読ませてもらいます」

糸さんが画面に向かってにこやかに手を振っている。

いくらなんでも、ちょっとバズり過ぎではないだろうか。おっとりイケメンの威力を思い知る。

このままでは浴衣《ゆかた》の作業が進まない。糸さんに指示を送り、残念だけれど配信を終える旨を伝えてもらう。

盛り上がったのは嬉しいし、名残惜しい気持ちもあるけど仕方がない。ＳＮＳを開いて、初配信のお礼コメントを残す。そうして、その夜は終了したのだった。

山菜《さんさい》たっぷり冷製茶碗蒸し

生配信のせいで神経が高ぶっていたのかもしれない。夜更かしをしたのに、次の日は早い時間に目が覚めた。

しょぼしょぼする目をこすりながら上体を起こすと、枕が足先のほうにあることに気づいた。不思議だなと思いながら枕を元の位置に戻す。

朝食後、だらしなく畳《たたみ》の上に寝そべりながらスマートフォンを確認した。深夜の生配信が大成功したことを改めて思い知る。

大量の掠《かす》れた文字のコメントを眺めながら、「バズったなぁ……」とつぶやく。一番嬉しいのは、それが予約に直結したことだ。

予約フォームのカレンダーには、満室を知らせる「バツ」印が表示されていた。

満室になっているのは今のところ一日だけど、ずっとお客さんがゼロだったことを考えればかなりの成果だと思う。生配信が成功したようでよかった。

安心しながら、畳《たたみ》の上でごろんと腹ばい体勢になる。ふいに視線を上げると、障子《しょうじ》の向こうで仁王立《におうだ》ちしている三つ目小僧と目が合った。

「小夏、おれもバズりたいんだけど！」

かなり真剣な表情だ。

「動画に出たい！」

「私からも、お願いします。ぜひまた、ＣＭ動画に出てくださいね」

三つ目小僧の要望に、そう返事をする。

賑やかな画面は、それだけで楽しそうな雰囲気が伝わる。

「そういうのじゃなくて！」

三つ目小僧がダンダン、とかわいい地団駄を踏む。

「おれが主役の動画に出たい。それで、あいつみたいにバズって人気者になるの！」

どうやら三つ目小僧は糸さんの生配信が大反響だったことを知り、羨《うらや》ましくなったらしい。

「そう言われましても……」

三つ目小僧がバズるイメージが今のところ湧《わ》かない。見た目はかわいいんだけど。

「撮ってくれないと、祟《たた》ってやるからな」

頬をぷうっと膨らませながら、三つ目小僧が物騒なことを言い出す。

「あやかしでも祟《たた》るとかあるんですか？　そういうのは幽霊の専売特許かと思っていました

けど」

「うぅ……」

痛いところを突かれたのか、三つ目小僧がしょんぼりと項垂《うなだ》れる。

子ども姿なので、なんだかものすごい罪悪感だ。

「今は紬屋さんの宣伝に協力させてもらっていますけど、私は仕事があるので忙しいんです。なので……」

「動画投稿者って、ストックがあるんじゃないの？　ひかにんが前に言ってたよ」

三つ目小僧の鋭い指摘に一瞬、言葉がつまる。

ちなみに「ひかにん」というのは、登録者数一千万人を超える大人気動画クリエーターだ。

「……ストックは、あるにはありますけど。でも、私は自分のチャンネル以外の仕事も請け負っているんです。編集の仕事で、けっこう依頼があるんですよ。信用して任せていただいているので、お待たせする訳にはいきません。それに、ひかにんと私を一緒にしないでください」

大物の名前を出されると、零細《れいさい》チャンネルの運営者としてはなんともいえない気持ちになる。

「小夏のケチ！　ちょっとくらい、いいじゃん。あ、そうだ、他のあやかしたちにさ、小夏のチャンネルをぜったいに登録してもらうように言うからさ！　な？　お願い！」

拝むように両手をぱちんと合わせ、三つ目小僧がうるうると涙目になる。

子どもの姿でそれをやられると弱い。

「何？　三つ目小僧のこと撮るの？　じゃあさ、あたしも出してよ。メイク動画やりたいんだよね。お気に入りのデパコス披露してあげる」

薄い顔のあやかしがひょっこりと顔を出す。

のっぺらぼう……じゃない、メイク前の雪女だ。

「なんだか面白そうだねぇ」

枕返しもいつの間にか現れて、うひひ、と笑う。

彼女の顔を見た瞬間、枕の位置が変わっていたことを思い出した。

「枕返しさん、昨晩こっそり私の部屋に忍び込みましたよね？　枕がおかしな位置にあったんですけど」

今の今まで、就寝中に自分が半回転したのだろうと思い込んでいた。けれど、自分の寝相はいいはず。過去に一度たりとも、枕の位置が変わっていたことはない。

犯人は間違いなく、このあやかしだ。

「小夏ちゃんの部屋はダメだって、あれほど言ったでしょう」

早朝の山菜採《さんさいと》りから戻ってきたらしい糸さんが、枕返しを優しく叱る。

「雪女や三つ目小僧の枕を返しても、つまらないんだよ」

「人間にするほうが楽しいんですか？」

「楽しいし、すぅっとするね。気分爽快」

私が問いかけると、枕を返したときのことを反芻《はんすう》しているのか、目を閉じながら枕返しが言う。本当に、心の底から気持ちよさそうな顔だ。

そんなに気分がいいなら、別にいいか、と思った。実害がある訳でもないようだし。

「でも今晩は寝ないと思いますよ。編集作業で忙しいので……急《きゅう》に撮影の予定も入りましたしね」

そう言いながら、三つ目小僧をちらりと見る。

「えっ……⁉ それって、おれのこと？ 小夏、おれのこと撮ってくれるの？」

三つ目小僧が、ぱぁっと笑顔になる。

「そうですね。少しだけなら、支障は出ないと思いますから」

撮ってほしい、と言われるのは、悪い気がしない。というか、正直嬉しい。

糸さんを撮っているときも思ったのだけど、動くものを撮影するのはとても楽しかった。

普段、もの言わぬ風景ばかりを撮っているせいなのだろう。物珍しさもあって、かなりわく

「じゃあさ、今から撮影しよう？　おれのことイケてる風に撮って！」

ぴょんぴょんとはしゃぎながら、三つ目小僧が私の太ももに抱き着いてくる。

子どもみたいでかわいいなと思っていたら、糸さんが三つ目小僧をひょいと抱きかかえた。

「いい年して、何を幼子みたいにかわいこぶってるんですか」

「いいじゃん。放せよ」

糸さんが三つ目小僧を私から引き剥《ひは》がし、三つ目小僧が糸さんの腕の中でバタバタと暴れている。いい年をして、語尾に「もん」をつける糸さんは、三つ目小僧のことは言えないと思うのだけど、ここは黙っておこう。

「小夏ちゃん、お仕事は大丈夫なの？」

心配そうに糸さんが聞いてくる。

「なんとかなります」

私が頷くと、糸さんがほっとした顔になる。

「実は、気になってたんだよね。お仕事は平気なのかなって。紬屋の宣伝をお願いしている僕が言うのも変な話なんだけど……昨日も遅くまで付き合ってもらっちゃったし、申し訳なくて。あんまり、ムリをしないでね」

ほんわかした空気を纏《まと》いながら、糸さんが見つめてくる。

「……ムリはしていません」

私は彼の目を見ながら、羨《うらや》ましいなと思った。

相手を思いやる気持ちをためらいなく口にできる糸さん。

ほんわかした雰囲気のおかげで、本当にそう思ってもらえているんだろうなという安心感がある。

それに比べて自分は口下手だし、ときどきストレートに言葉を発してしまう。

彼の要素が、ほんのわずかでも自分にあればなぁと羨《うらや》ましく感じた。

「ちょっとぉ～！　何見つめ合ってんの？　てか、そうしてると家族みたいじゃん！　笑えるんだけど」

薄い顔の雪女が、けたけたと面白そうに笑う。

……見つめ合っていたのだろうか。自分の短所について真剣に考えていたので、そんなつもりはなかったのだけど。それに、どこをどう見れば家族になるのだ。

「家族要素なくないですか？　三つ目小僧さんと、抱っこする糸さんは見ようによっては父子に見えるかもしれませんが」

あまり、というか、ほとんど似ていない父子だけど。

「かーちゃんが小夏なのはいいけど、糸引き女がとーちゃんとか嫌だよ」

げんなりした顔で三つ目小僧がつぶやいた。

彼はまだ、抱っこ……というか、糸さんに捕らえられたままだ。

「三つ目小僧がもっと素直な子なら、僕は大歓迎なんですけどね」

はにかむ糸さんは、優しいパパ感がある。抱っこする姿もなかなか様になっている気がする。

父子風のあやかし二人を微笑ましい気分で眺めていたのだけど、三つ目小僧がぷんすかと暴れ出した。

「おれは早く撮影がしたい～！」

じたばたしながら、三つ目小僧が糸さんの腕から下りる。

「小夏！　おれの部屋に行こう！」

どうやら、撮影は三つ目小僧の部屋で行うらしい。何かアイデアでもあるのだろうか。

私はカメラを手に取り、スキップする三つ目小僧の後について廊下を歩いた。

部屋に入ると、三つ目小僧はバッグをガサガサとあさり、手鏡を取り出した。

それから念入りに表情を作る。ニカッと歯を見せて笑ったり、流し目をしたり。

特に流し目はお気に入りのようだ。以前言っていた、キメ顔とかいうやつだろうか。

かわいい童子《わらべ》の姿なので、自然な表情が一番いいと思うのだけど。

「おれさ、右が利き顔なんだよ」

手鏡に視線をやったまま、三つ目小僧が得意げに言う。

特に知りたい情報ではなかったけれど、かなりのドヤ顔をするので仕方なく話を広げる努力をする。

「……自分の利き顔を知ってるなんて、さすがですね」

努力はしたけれど、私はコミュニケーション能力に長《た》けている訳ではないので、お世辞になったかは微妙だった。

ちなみに利き顔とは、左右を比べてより魅力的なほうをいうらしい。人間の顔は左右対称ではないので、表情にも違いが出る。筋肉が発達して口角がより上がっているとか、目がどちらかのほうが大きいとか、笑ったときに頬が高い位置にくるとか。

要は左右を比べて、右が自分のお気に入りということなのだろう。

「アップは右側から撮りますね」

「よろしく頼む」

カメラを準備していると、不自然な流し目のキメ顔を作ったまま、三つ目小僧が話しかけてきた。

「おれさ、本当はルームツアーとかやってみたかったんだよ。でも、ここは自分の家じゃないからできないじゃん？」

「そうですね」

「だから考えたんだけど。モーニングルーティーンとかどう？」

「三つ目小僧のモーニングルーティーン、ですか……？　それも、この旅籠《はたご》では成立しないような気がするんですが」

彼の朝時間に興味を持つあやかしが存在しているのか、という疑問もある。もちろん、本人には言わないけれど。

「そこはなんとかなるって！　やることは同じだもん。普段通りの様子を再現するから問題ない」

「……まぁ、撮るのはいいですけど。じゃあ、始めますよ」

三つ目小僧の勢いに負けて、仕方なく撮影をスタートする。

モニターの中で、三つ目小僧が目を覚ました。どうやら起床の場面から始めるらしい。窓を開けてさっそくキメ顔を披露する。

おそらく、朝日を浴びているシーンを撮りたいのだろう。

朝日を浴びると、ホルモンが分泌されるとかされないとか、そんな話を聞いたことがある。

確か、メラトニンだっけ。

カメラを回しながら、あやかしにもホルモンってあるのだろうか、とふと思う。

続いて、三つ目小僧は布団をきれいにたたみ始めた。

これはベッドメイキングだ。私もモーニングルーティーン動画で見たことがある。おしゃれな部屋に住む女性が、真っ白なシーツを軽やかに整えていることが多い。

三つ目小僧が、重たそうな布団をなんとか持ち上げ押し入れにしまい込んでいる。

それから、白湯《さゆ》を飲み始めた。

睡眠中にも水分は失われているから、水分補給は大事だ。水よりも白湯《さゆ》がいいらしい。知り合いのモテ研究動画クリエーターがそう言っていたのを思い出した。

いつの間にか、三つ目小僧は座って目を閉じていた。微動だにしない。もしかしたら、これは瞑想《めいそう》だろうか。雑念を払い、心身が穏やかになるとかならないとか。

しばらくすると、目を開けて動き始めた。

卓袱台《ちゃぶだい》にノートを広げて、熱心に何かを書き込んでいる。ぐぐっとカメラで近寄る。すると、『きょうやるべきたすく』と書かれているのが確認できた。今日やるべきタスク。

これは……ＴｏＤｏだ。意識高い系あやかしが存在することに私は驚いた。

同時に、うまく説明できない疲労感がどっと押し寄せてくる。誰かからなんらかの影響を受けていることは間違いない。三つ目小僧は自己啓発《じこけいはつ》にのめり込むタイプのような気がする。

「本当に毎日やってるんですか？」

カメラを回しながら、三つ目小僧に質問してみた。

「朝の時間を有意義に過ごすことは、己を高めるために必要なことだよ」

キメ顔で、自己啓発本《じこけいはつぼん》に書かれていそうなことを三つ目小僧が口にする。

「……なるほど」

最後に、三つ目小僧は読書を始めた。カメラでぐぐっと近寄る。彼が手にしているのは、英文の参考書だった。世界をまたにかけるつもりなのだろうか。

あやかしの世界進出。ジャパニーズホラーはわりと有名らしいから、その線を狙うのはありかもしれない。

ジャパニーズモノノケ……？　いや、ジャパニーズ、モンスター……？

ぐるぐると考えているうちに、どうやら三つ目小僧の朝活は終了したらしい。

「うまく撮れた？」

三つの目をきらきらとさせながら聞いてくる。

「はい、なんとか」

うまく、というか、そのままの様子が撮影できた。

「イケてる感じに編集しろよ？　BGMもなんかイイ感じでさ」

「それも、なんとかします……」

たぶん、三つ目小僧の頭の中ではデキるビジネスマンがイメージされているのだろう。彼は、無職（あやかし界のスタンダード）なのに。

（う〜ん……）

心の中で密かに唸《うな》る。

思いっきりバラエティ色《しょく》の強い動画にしたい。プロとして、この素材（動画）を一番映えるものにしたい。笑いの絶えないおもしろ動画が最適だと思うのだけど、茶化すと彼は怒《おこ》りそうだ。本人はいたって真面目な様子だし。

本当に毎日、三つ目小僧がこんな風に朝の時間を過ごしているとも思えない。

彼にとっての理想の朝の時間、ということにしようか。ごくごく小さな文字で、注釈を入れるのもいいかもしれない。

『個人の目標、理想とする姿であり、日々の様子ではありません』

通販番組でよく見る『個人の感想であり効果・効能を示すものではありません』的なものだ。モーニングルーティーン動画として許されるのかは疑問だけれど。

編集作業が大変だなぁ、と思いながら、私は三つ目小僧の撮影を終えた。

疲労感を覚えながら三つ目小僧の部屋を後にする。廊下を歩く足取りが重い。

雪女の部屋に行くと、待ち構えていたかのように腕を取られた。

「小夏、こっち！　ほら見て！　お気に入りのデパコスたち！」

雪女が嬉しそうに、卓袱台《ちゃぶだい》を指さす。

そこには、宝石かと思うほどにきらきらと輝く高級化粧品が並べられていた。

ファンデーション、マスカラ、リップスティック、アイライナー、コンシーラー……その他、諸々。

なるほど、高いだけあって外側も凝《こ》った作りになっている。基本的にきらきらしていて、かわいいパッケージ。乙女心をくすぐる仕様だ。

「あの、私はあまり詳しくないので、実際にメイクしながら用途というか、説明をしてもらっていいですか？」

「りょうかーい！」

雪女が素直に頷く。

「それから、確認なんですけど。その、素顔を晒《さら》して大丈夫ですか？」

目の前の彼女は、なんというか、薄い顔。つまり、ほぼのっぺらぼうなのだ。

すっぴんを見られたくない女性も多いと思うので、一応確認をとる。

「当たり前じゃん？　メイクする動画を撮るんだもん」

まぁ、確かに。

本人の許可を得られたので、私はカメラを回し始めた。

「みなさん、こんにちはぁ！　雪女でぇす！」

薄い顔の女子が、甘ったるい声でカメラに向かって微笑む。

「今日は～、あたしがいつもしているぅ、モテメイクを披露したいなぁって、思いまぁ～す！」

甘ったるい、かつキンキンした声で雪女が続ける。

「ピンク系をたくさん使ってぇ、盛り盛りだけどぉ、あんまりメイクしてない感を出すので～、ぜひ最後まで見てくださ～い」

メイクをする前と後の落差を知っている私としては、素直に興味をそそられる。

「まずはクリアクレンジングで、お肌を拭き取りまぁす」

きらきらしたボトルを手に取り、雪女がコットンに液体を馴染《なじ》ませる。

「コットンで優しく拭き取ることで、くすみがなくなって肌がクリアになりま～す」

メイクを施《ほどこ》す前に、拭き取りを行うらしい。

「ちなみにこれは、シエロ・ロゼ・ルミナス・グラン・レオナール・デュラの、パーフェクト・クリーンアップ・ピュア・ウォーターⅥでぇす」

　何かの呪文だろうかと一瞬、錯覚《さっかく》してしまった。

　きちんとメーカーと商品名を紹介してくれるのはありがたいのだけど、編集で画面に文字を入れる際のことを思うと、げっそりとしてくる。

　続いて、雪女は美容成分がたっぷり入っているらしい液体を顔面に塗布《とふ》し始めた。

「ハンドプレスで温めながら保湿しまぁす。ぜったいに擦《こす》るとかNGだよぉ」

　手のひらで額や頬、瞼《まぶた》までしっかりと押さえている。これまた、長ったらしい商品名だった。

「次はぁ、マッサージをしていきまぁす。オイルでていねいにむくみを取っていきま〜す」

　なかなかメイクをするまでに至らない。

　雪女は画面の中で額を上に押し上げたり、押し上げたと思ったら左右に流したりしている。凝《こ》りをほぐすために、眉間のあたりや頬の周辺をごりごりとマッサージする彼女の顔は、真剣そのものだ。私も集中してカメラを回す。

　いよいよメイクが始まった。まずはシミとクマ消しから。小さめのブラシでパレットをちょいちょいとなぞり、目の下や小鼻のあたりにすべらせる。

　ブラシは専門店で購入したお気に入りのもので、かなりの高級品だという。用途によって何本も使い分けているらしい。

繊細なテクニックでブラシを操り、顔面というキャンバスに色を塗る様は、どう見ても画家にしか見えなかったのだけど、もちろんそれは黙っておく。

ブラシで色をのせた後、スポンジでポンポンと馴染《なじ》ませる。みるみるうちに肌の色が均一になっていく。シミやクマはもちろん、毛穴の一つさえ見えなくなってしまった。

「たっくさん、重ねて塗ってもぉ、重くならないのがデパコスのいいとこだよねぇ」

雪女がそう言うと、あっという間に、艶々《つやつや》でつるんとした肌が出来上がった。素晴らしいデパコス。

続いて、彼女はピンク系統のアイシャドウを瞼《まぶた》に重ね塗りして、グラデーションにする。この夏の新作らしい。またしても長ったらしいネーミングの商品だった。

次に、雪女が手にしたのはアイライナー。慣れた手つきで目の際《きわ》にラインを引いていく。

どうやら、ここで注意点があるようだ。

「がっつり濃いラインを引いちゃダメだよぉ！　まつ毛の間を埋めていく感じでね～！　こうやって、下まつ毛も同じようにしてくよー！」

アイライナーを持つ手とは逆の指で、みょーんと瞼《まぶた》を引っ張る。そして言葉通り、ちょんちょんとまつ毛の隙間を埋めていく。

他人が真剣にメイクを施《ほどこ》している様子を初めて目の当たりにした。失礼を承知で言うけれど、なかなかに変な表情だ。

「次は眉にいきまーす！」

じゃじゃーんと、眉を整えるアイテムをカメラ目線で紹介する。

そして、呪文かと錯覚《さっかく》するような摩訶不思議《まかふしぎ》な商品名をまたすらすらと唱える。

驚いたことに、眉の形にも流行《りゅうこう》があるという。流行《りゅうこう》も何も、眉なんて人それぞれの生え方があるのに一体どうするのだろう。考えているうちに眉の工程は終了した。

ポンポンとピンク系のチークを頬にのせる。最後に粒子の細かいパウダーを顔全体にはたいてリップを塗って、モテメイクは終了した。

あれこれ塗ったり描《か》いたりしたはずなのに、雪女の顔はゴテゴテしていない。あっさり、控えめ、でもかわいい。

「もっと派手になるのかと思ってました」

カメラを回しながら、思わず感想が漏れる。

「小夏、モテメイクだよ？　やりすぎはＮＧなの。ピンク系で、ちょっとメイクしてるなってくらいがベストだよ！」

雪女が力説する。

目の前にいるのは、品のいい清楚系女子。素晴らしい仕上がりだ。のっぺらぼうから脅威の変化。見事なモテメイク技術に素直に感嘆する。

ここまで来ると、もはや特殊メイク講座といっても過言ではないと私は思うのだけど、本人はもちろん納得しないだろう。

これはあくまでも、きらきら女子によるモテメイクレッスンなのだ。

希望通り、かわいい絵面の動画に仕上げよう。

呪文のような商品名の羅列《られつ》を思い返すと、やっぱり少しだけ気が重くなってしまうのだけれど……

雪女の撮影を終え、私は自分の部屋に戻った。

◆

◆

◆

深夜になり、集中したまま編集作業を続けていたのだけど、背後で障子《しょうじ》がすーっと開く音がした。

「なんだい、まだ寝てないのかい」

残念そうに肩を落とすのは、枕返しだ。

「だから言ったじゃないですか。今晩は寝ないって」

きちんと宣言していたのに、それでも一縷《いちる》の望みをかけてやって来たらしい。

「朝までやるつもりかい？」

「そうですね。今夜は他のあやかしたちの枕で我慢してください」

三つ目小僧の編集は終わった。今は、雪女の動画に呪文のような商品名を打ち込んでいるところだ。

「もう済ませてきたよ。後は、あんたの枕だけなんだけどねぇ」

「仕事が速いですね」

ひと眠りして、枕返しの要望に応えてあげようかとも考えたけれど、集中して神経が高ぶっている。簡単には眠れそうにない。

「楽しそうだねぇ」

画面の中の雪女を見て、思わず枕返しがうひひと笑う。

「枕返しさんのことも撮っていいですか？」

みんなの部屋にこっそりカメラを仕掛け、枕を返される様子を撮るのだ。ぜったいに面白いと思う。世界初公開。枕返しの瞬間。考えただけでも体がうずうずする。

「他人に見せるもんじゃないねぇ」

「そうですか……」

断られてしまった。残念だけれど、仕方がない。

「そういえば、枕を返すのはあやかしよりも人間のほうがいいって言ってましたよね」

「そうだね」

「枕によっても、あるんですか？　これは返し甲斐《がい》があるなぁ、みたいな」

「あるよ。一番いいのはそば殻《がら》の枕だね。返すとき、音を立てないように注意するんだけど、その緊張感がたまらないいんだよ」

まったく共感できないけれど、枕返しの好みの枕を知る、というのは世界初に違いないと思うので、私は彼女に許可を得てカメラを回し始めた。

「マイクロビーズの枕も音が出ませんか？　中のビーズがシャラシャラいうと思うんですけど」

私の言葉に、枕返しの眉根がきゅっと寄る。

「あんまり好きな音じゃないね。そば殻《がら》のなんともいえない乾いた音には敵わないよ」

「そうなんですか」

「それならパイプのほうがいいね」

「パイプ？　ストローを細かく切断した感じのやつですか？」

「そうだよ。音でいうなら、そば殻《がら》、パイプ、ビーズだね。重みと硬さもいいんだよ、そば殻《がら》は」

なるほど、重みと硬さか……

「じゃあ、羽毛枕とかはどうです？　軽過ぎますか？」

「話にならないね」

ぴしゃりと一刀両断される。

ウレタンや高反発ファイバーも、彼女にとってはイマイチな枕らしい。

人間の枕マニアがいたら、ぜひ対談してもらいたかった。枕マニアと枕返しの対談。もちろん世界初公開。

「そういえば、ここの旅籠《はたご》の枕ってそば殻《がら》ですもんね」

「ワタシの職場もそうだよ」

ラブホテルって、そんな古風な枕を使用しているのだろうか。まったく縁《えん》がないので分からない。まさか、一周回ってそば殻《がら》の枕が最先端だったりするんだろうか。

「そば殻《がら》の枕って流行《はや》ってるんですか？」

人間の世界の流行《りゅうこう》をあやかしに問うのはおかしい気がする、と言った後で思う。

「廃《すた》れていくいっぽうだよ」

「じゃあ、なんでそういうホテルがそば殻《がら》の枕なんですか?」

「全室、和がコンセプトなんだよ」

畳《たたみ》に敷布団、というのがウリらしい。

「……ホテルっていうか旅館ですね」

ラブホテルというか……ラブ旅館?

「ちなみに今までで一番、思い入れのある枕ってなんですか? シチュエーションとかもあったら教えてください」

「思い入れねぇ……気が引き締まるのは、箱枕だね」

「はこまくら? なんですかそれ」

「知らないかい? 昔の枕だよ。今でも舞妓《まいこ》とかが使ってるけどね」

「もしかして、木の枕ですか? 時代劇で見た記憶があります」

そうだよ、と枕返しが頷く。

髷《まげ》を結っていた時代に重宝された枕らしい。髪型の崩れを防ぐため、首の付け根にあてがうのだという。

「……そんな枕を返したら、髪型が崩れちゃうじゃないですか。人間だって起きちゃいますよ」

「ばかだねぇ。頭を持つんだよ。少し持ち上げて、その隙にくるんと箱枕を回して、また何事もなかったように頭を下ろすんだ」

そんなことをして何が楽しいのかは分からないけれど、箱枕について語る彼女の目は真剣そのものなので、黙って話を聞いておく。

枕の歴史はまだまだ続いた。

ときどき、彼女の口から歴史上の人物の名前が出てきたりするものだから、いつの間にか聞き入ってしまった。数多《あまた》の武将の枕を返してきたらしいのだ。

「出陣の前夜は個性が出てたねぇ。寝つきがよくてぐっすりな奴もいれば、ガタガタ震えて一睡もできない奴もいたよ」

「一睡もしないんじゃ、枕返せないですね」

「そういうときは隙を見つけてひょいっとやるんだよ」

枕返しは素早い動きで、枕を返す仕草をする。さすがに手慣れている。プロの技だ。

「でも、さすがにバレるんじゃないですか？」

いきなり枕の位置が変わっていたら驚くと思うのだけど。

「意外に平気なもんだよ。たまに、枕の位置が変わってることに気づいて失神する奴もいたけどね」

大事な出陣の前夜に、なんてことをするのだ。さすがに武将に同情する。

「豪胆《ごうたん》だと言われてる奴ほど小心者だったりするんだよ。そういえば、小姓《こしょう》に子守歌をうたってもらわないと寝れない大名がいたね。確かあいつの名前は……」

いきなり枕返しの暴露が始まった。

次々と大物を晒《さら》していく。さすがにまずいので、編集で「ピー！」を入れることにしよう。

このままだと暴露系チャンネルになってしまう。

できることなら、枕返しには歴女と対談してもらいたい。もしかしたら、今までの歴史の通説を覆《くつがえ》すことができるかもしれない。とてつもないロマンを感じる。

この動画は、枕から日本史を知る、という感じでまとめよう。

うん、いける。面白そうだ。

楽しみで体がうずうずする。やっぱり今夜は眠れない。もしかしたら、明日も徹夜《てつや》かもしれない。

それを枕返しに伝えると、がくりと項垂《うなだ》れた。

「ワタシは寝てほしいんだけどねぇ」

ふぅ、とため息をついた後、ものすごく残念そうな顔で、彼女はそうつぶやいた。

枕返しは諦めたように部屋を出て行った。彼女の背中を見送り、私は編集作業に戻る。

三つ目小僧、雪女、枕返し。三人とも映像の中で生き生きしている。

キャラクター性が全面に出過ぎなくらい個性が強い。

撮影場所は紬屋なので、これもＣＭの一環として公開できるのではないかと密かに企んでいた。けれど、それぞれの個性が豊か過ぎるゆえ、そちらに目が行ってしまう。

（どうしようかな……）

手を動かしながら考え込む。夜が明ける時刻になってようやく、作業が一段落ついた。

（さすがに疲れたなぁ……）

じわじわと心地よい疲労感が体を覆《おお》う。自然に瞼《まぶた》が下りてきた。

後ろに倒れ込み、このまま寝てしまいそう、と思っていると、部屋の外から音が聞こえてきた。

ジャ、ジャ、ジャッ。

（なんの音だろう）

聞き慣れないけど、耳障りではない。

ジャ、ジャ、ジャッ。

むしろ、心地よさすら感じる。落ち着く感じだ。

枕返しが枕を揺らす音……ではないか、と半分寝ぼけながら考える。

そういえば、枕の芯材は檜《ひのき》と小豆《あずき》も好みだって言ってたなぁ……

ジャ、ジャ、ジャッ。

(ん……？)

ジャ、ジャ、ジャッー！

(あっー！　小豆《あずき》！)

私はひらめきと同時にパチリと目を開いた。飛び起きて、音がするほうへ向かう。

まだ薄明るい台所で、小豆婆が小豆《あずき》を洗っている。

「やっぱり……！」

「おはようさん。あんた、若いのに早起きやなぁ」

ジャ、ジャ、という音を立てながら小豆婆が振り返った。

今日も白装束で、手ぬぐいを頭に被っている。

「おはようございます。早起きというか、寝てないんです。編集作業をしていたので」

「ドウガとかいうやつかいな」

「そうです。あの、小豆《あずき》を洗っているところ、よかったら撮影させてもらえませんか」

「こんなお婆さん撮って何が面白いねんな」

「音だけでもいいので」

「それこそ、何が面白いのん？」

「ＡＳＭＲって、ご存じですか……？」

たぶん知らないだろうなぁと思いながらも、念のため聞いてみる。

「えーえす？　なんや？　またにんげんが訳の分からん機械作ったんかいな」

「エー・エス・エム・アールです。アスマーともいうらしいんですけど」

「難しいなぁ」

「心地いいとか、脳がゾワゾワしたりゾクゾクしたりする感覚ってあるじゃないですか。音でそれをかき立てる、ＡＳＭＲ動画っていうのがあるんです」

「さっぱり分からんのやけど」

「ストレス解消とか、気持ちよく眠るために聞いてるひとが多いみたいです」

小豆《あずき》を手で揉《も》むように洗うときの、ジャ、ジャ、というなんとも心地いい音。

これはぜったいに使えると思うのだ。

最後まで「意味が分からんへんわぁ」と困り顔だった小豆婆をなんとか説き伏せ、音の収録に成功した。

その場で音を確認していると、小豆《あずき》を洗い終えた小豆婆が汁粉《しるこ》を拵《こしら》えてくれた。粒ありだから、田舎汁粉《いなかじるこ》だ。

糖分が疲れた脳にしみる。甘いのにさっぱりしているから、たくさん食べられそうだ。

「この田舎汁粉《いなかじるこ》、美味《おい》しいです」

そう言って、ふぅふぅしながら小豆《あずき》の粒を楽しむ。ほっくりとした大粒の小豆《あずき》が美味《おい》しい。

「東京やと、そう呼ぶらしいなぁ。うちのほうやと、ぜんざい、言うねんけど」

「そうなんですか？　そういえば、お雑煮《ぞうに》も違いがあるって聞いたことがあります」

「白味噌《しろみそ》やったり、すましやったりするなぁ。そういえば、小豆雑煮《あずきぞうに》っていうのもあるんやで？　確か、中国地方のほうやったかなぁ」

「それは知らなかったです」

和気あいあいと台所で小豆婆と話をしていると、糸さんが起きてきた。

「楽しそうだね。なんか、いい匂いもするし……」

眠そうに目を擦っている。

「小豆婆さんに、田舎《いなか》……じゃない、えっと、ぜんざい？　を作ってもらいました」

美味《おい》しいですよ、と言うと、途端に糸さんがむすっとした顔になった。

「小夏ちゃんが餌付《えづ》けされてる」

「え、餌付《えづ》け……？」

「僕の作ったごはんより美味《おい》しい？」

じっと、糸さんに見据えられる。

いつもの、ほんわかしたにこにこ顔ではない。むすりとした、なんだかよく分からない気だるげな様子の糸さんが目の前にいる。

もしかして、糸さんって寝起きは機嫌《きげん》が悪いのかなぁ。山菜《さんさい》を一緒に採りに行ったときは、そんなこともなかったけど……

どうしていいか分からず視線を彷徨《さまよ》わせていると、どん、と机の上に椀《わん》が置かれた。

「ほら、あんたのぶんやで」

小豆婆が「おかわりもあるからな」と、糸さんに言う。

「……いただきます」

むすりとしたまま、糸さんがぜんざいを口にする。

「糸引き女は、嫉妬《しっと》しいやねんなぁ」

小豆婆がおかしそうに糸さんを見る。

「しっとしい……？」

意味が分からずつぶやくと、糸さんが椀《わん》をコトリと机に置いた。

「小夏ちゃんが、すごく美味《おい》しそうに食べてたから」

それで嫉妬《しっと》？　糸さんが私に？　もしかして、彼はものすごく料理に自信があって、自分が作ったもの以外を食べて、美味《おい》しそうな顔をされるのが許せないとか……？

彼はそんな狭量《きょうりょう》なタイプには思えないのだけど。

「糸さんの料理も、美味《おい》しいです……ものすごく」

もちろん、お世辞ではない。でも、そう聞こえただろうかと心配しながら、ちらりと彼を見た。多少、気をよくしたような糸さんと視線が合う。

「本当？」

「本当です」

大きく頷いた。うそじゃない。本当の本当だ。

「美味《おい》しそうに食べる選手権で、小夏ちゃんが優勝できるように頑張るね」

「……だから、それは人間の世界にはないです」

「うん、あやかしの世界にもない」

ふわりと笑う。いつもの、おっとり糸さんだ。

「二人の世界やなぁ」

いつの間にか小豆《あずき》を洗い始めていた小豆婆が、ぼそりとつぶやいた。

ジャ、ジャ、という癒し音と共に、夜が明けたばかりの時間が、ゆっくりと過ぎていく。

作業をしながら考えていたことを、糸さんに打ち明けてみる。

「ついさっきまで、編集をしてたんですけど」

「うん、紬屋のCM？」

「いいえ、そちらではなく。三つ目小僧さんにせがまれて撮影したほうです。映像を見ていると、すごく楽しくて、いい動画になって、最初は紬屋の宣伝にもなるかなと思ったんですが、ちょっと個性が強過ぎるというか……紬屋とはあまり関係のない動画になってしまって」

「うん」

「なので、サブチャンネルを作ってみようかと考えてます」

糸さんがきょとん、とした顔になる。

「さぶ……ちゃん？」

ピンと来ていない糸さんに、とりあえず懇切《こんせつ》ていねいに説明をした。

サブチャンネルの仕組みをなんとか理解してもらう。

「サブチャンネル、いいと思うよ！」

糸さんが朗《ほが》らかに頷く。了承をもらえたので、あとは三つ目小僧たちに話をしよう。

ぜんざいの続きを食べながら、台所を見渡して、改めて思った。

「すごく趣《おもむき》のある台所ですね」

キッチンとは、とても表現できない古めかしい雰囲気だ。そして、大切にこの場所が使われていることが分かる。

たくさんの道具類は、すべて整頓されて置かれている。

作業台だってぴかぴかに磨き上げられていた。かまどと釜《かま》でごはんを炊いているようで、もちろんおひつもある。

電化製品は見当たらない。あるのは、すり鉢とすりこぎ、おろしがね、様々な大きさのザル。七輪《しちりん》と味噌樽《みそだる》もある。

「あれも釜《かま》ですか？」

あるものが目に入り、糸さんに問いかける。

形は釜《かま》に似ているが、釜《かま》の上で木の箱が何段も重なっている。

「せいろだよ。釜《かま》から出る湯気《ゆげ》で蒸すんだ。おこわもあれで作ったんだよ」

「そうなんですか」

モチモチとしたおこわの食感を思い出した。ぜんざいを食べたばかりなのに、思わずお腹が鳴りそうになる。

「そうだ、昼食に茶碗蒸しを出すよ。夏にぴったりだから」

夏にぴったりな茶碗蒸しってなんだろう。

たとえば、梅味とか？　熱々だけど、さっぱり、みたいな。

もしくは、入っている具が夏っぽいということかもしれない。どちらにしても、彼の作るものなら美味《おい》しいに決まっている。

情緒あふれる台所を見ていると、背中がむずっとした。これは、いわゆる血が騒ぐというやつ。もちろん動画クリエーターの血。

「……糸さん、ちょっとご相談なのですが」

「どうしたの？　急《きゅう》に改まって」

すすっと上品にぜんざいをすすりながら、糸さんが言う。

「この台所、撮影させていただきたいんですけど」

「もちろんいいよ。あ、もしかして、料理してるところをCMにするの？」

「はい。糸さんが料理をしているところを撮りたいんです。もちろんCMにもするんですけど、それだけじゃなくて」

サブチャンネルのほうにも出てもらえたら嬉しい。

やっぱり糸さんが一番、画面映えすると思うし、がっつり彼を撮ってみたい。

これは単純に血が騒ぐというやつなので、他意はない。

自分に言い訳をしているうちに、糸さんの顔がどんどん赤らんでいく。

「も、も、もしかして、小夏ちゃんのための動画……!?　コレクションとかにするつもり？」

「違います」

即座に否定した。何がコレクションだ。どういう想像をしているのか知らなけれど、誤解が過ぎる。

「あ、違うの？」と言う彼に、精一杯、冷ややかな視線を送った。

「サブチャンネルに、糸さんにも出演していただけないかと思いまして」

「え、僕が……？」

「雪女さんと三つ目小僧さん、枕返しさんの撮影は完了しています。すでに編集も終わっていて、小豆婆さんの撮影も先ほど済んだところです」

小豆婆の場合は、音のみだけれど。

ちなみに、彼女は小豆《あずき》を抱えて裏口から出て行った。すぐ近くに湧水があるらしい。自然の中で小豆《あずき》を洗うのは格別なのだそうだ。

「出演していただけますか」

「ま、まぁ……うん。それは、かまわないけど。でも、僕なんか、その……いいのかなぁ？僕っていけそう？」

糸さんが、急《きゅう》にもじもじし始めた。

「何がですか」

「……再生回数っていうの？ その、たくさん見てもらえそうかな？」

ちらちらと視線を送ってくる。面倒な性格だ。

私は『面倒だなぁ』という正直な感想を顔に出しながら、「大丈夫です」と頷いた。

この趣《おもむき》のある台所で、大事にしてきた道具で、一人料理を拵《こしら》える美形あやかし。

絵になるものしか存在しない。なのでぜったいに大丈夫だ。

「問題は、何を作るかですね。切ったりとか、炒めたりとか、道具も使ってほしいんですけど」

「だったら、昼食用の茶碗蒸しを作るよ」

「今からですか？」

昼まで、かなりの時間がある。まだ朝というか、なんなら夜が明けたばかりだ。せっかくの熱々茶碗蒸しが冷めてしまう。

「冷やす時間が必要だから、早めに作ろうと思ってたしね」

「茶碗蒸しなのに……？」

「冷たい茶碗蒸しだから」

なるほど、それで夏にぴったりなのか。

冷やし茶碗蒸しなんて初めてだ。食べてみたい。

そのためには、さくさく撮影を終わらせる必要がある。

「では、よろしくお願いします」

「ちょ、ちょっと待って……！」

私がカメラを手にすると、糸さんが慌ててストップをかけた。

「どうしたんです？」

「ちょっと、身支度を……」

そう言って、急《きゅう》に身なりを整え始めた。部屋から竹櫛《たけぐし》を取ってきて、ていねいに髪を梳《と》いていく。さらさらのきれいな白髪なので、必要ないと思うのだけど。

「着替えたほうがいいかな？」

「その作務衣《さむえ》姿《すがた》でいいです」

糸さんが手鏡でじっくりと、自分の顔を検分するように見ている。

そんなに見なくても、ちゃんとイケメンだから安心してほしい。

「あの、それって時間かかりますか？」

いい加減、面倒になってきたので声を掛ける。

「雪女にメイクしてもらおうかなぁ」

鏡を見ながら、糸さんがキメ顔作りに躍起《やっき》になっている。撮影する前から疲れてきた。

三つ目小僧といい糸さんといい、あやかし男子はカメラ映りを気にし過ぎだ。

「糸さんは美肌なので必要ないと思います」

色白、さらツヤ肌、毛穴レス。もちろんシミはなし。

「そのままですてきだしかっこいいしきれいだし魅力的だし、問題ないので始めます」

思いつく限りの褒《ほ》め言葉を呼吸なしで一気に吐いた。投げやり感は否めなかったけど、彼は意外に単純なようだ。私の言葉をあっさり信じて、「そ、そうかなぁ？」と照れている。

にこにこと笑う姿に、面倒だなぁ、と思いながらもどこか癒された気分になる。

彼が纏《まと》うのんびりとした空気感のせいだ。おっとりの魔力はすごい。いや、魔力は悪魔っぽいから違う。

あやかしだから、妖力《ようりょく》だろうか。おっとりの妖力？

頭の隅でそんなことを考えながら、私は撮影を開始した。

糸さんは、まずはせいろの準備から始める。

火をおこし、釜《かま》の部分に水を入れて沸騰《ふっとう》するのを待つ。

その間に、下処理を済ませた山菜《さんさい》を包丁で切っていく。

包丁も年代物のようだ。少し重そうに見えるのに、糸さんの手つきは軽やかだった。

静かな朝の台所に、包丁をまな板に下ろすトン、トン、という音が響く。

糸さんが鍋で山菜《さんさい》と合わせ出汁《だし》を煮ると、ほんのりと出汁《だし》のいい香りが漂ってきた。

卵は菜箸《さいばし》でシャカシャカとよく混ぜる。それに出汁《だし》と塩、山菜《さんさい》を加える。

卵液を器《うつわ》にうつし入れると、せいろからほわほわと湯気《ゆげ》が出てきた。

「初めは強火で、それから弱火で蒸すんだ。加減が難しいんだけど、慣れてるから安心して？」

糸さんがにこりと笑う。失敗はしないらしい。

「冷やすときは、あやかしパワーでなんとかするんですか？」

「あやかしぱわあ？　そんなのないよ？」

「そうなんですか？　じゃあ、どうやって冷やすんですか？　冷蔵庫もないのに……」

「冷蔵庫なら、あるよ。ほら」

糸さんが、木の箱を指さしている。ずいぶん古そうな木の箱は、私の腰に届かないくらいの高さだった。

（これが……冷蔵庫？）

箱の側面に扉が付いていて、上段のほうが小さい。開けると、氷が入っていた。

「氷の冷気で、下段に入れたものを冷やすんだよ」

なるほど、そういう仕組みなのか。

「昔の冷蔵庫ってこんな感じだったんですね」

古めかしいが行き過ぎて、私にとっては逆に新鮮だ。

中の様子や、外側の扉の金具に至るまで、隅々まで撮影した。

「そろそろかなぁ」

糸さんがうきうきしながら、せいろから器《うつわ》を取り出す。

それを台の上に順に並べていく。粗熱をとってから冷蔵庫に入れるらしい。

朝食を食べた後、茶碗蒸しが冷えるまで、私は部屋で編集作業をすることにした。

ぜんざいで糖分補給をしたせいもあるのだろう。作業はすいすいと進んだ。

小豆婆のＡＳＭＲ動画の編集が終わると、次に糸さんの動画編集に取り掛かる。

山菜《さんさい》を切ったり、菜箸《さいばし》で混ぜたりしているだけなのに、不思議と絵になっている。

料理をしている彼の横顔を、私は無意識に撮っていた。

いつもふにゃふにゃしている顔が、きりりと引き締まっている。別人みたいだ。

「かっこいいなぁ……」

ぽそりと言葉が漏れる。これはうそ偽《いつわ》りない気持ちだ。イケメンは強い。

無意識に再生回数に直結しそうなポイントを撮影しているなんて、さすが私はプロだと自画自賛する。

イケメンあやかし、古めかしいけれどすてきな料理道具。素材がいいので、糸さんの動画はほとんど手を加えなかった。ゆったりとしたBGMを流し、落ち着いた印象にする。

方向性としては、『旅籠《はたご》で味わうゆったり時間』『料理男子のていねいな暮らし』こんな感じだ。

正座していた体勢から足を崩し、ごろん、とそのまま後ろに倒れる。すべての編集作業を終え、なんとも充実した気分になる。同時に、睡魔に襲《おそ》われる。

そういえば、徹夜《てつや》だったなぁ、と思いながら私は瞼《まぶた》を閉じた。

◆　◆　◆

昼食は、みんなで集まって食べることになった。

三つ目小僧が集合をかけたのだ。場所は彼の部屋で、どうやら「企画会議」をするらしい。

私もみんなにサブチャンネルの話をしたかったので、ちょうどよかった。

部屋に行くと、糸さんが昼食の膳《ぜん》を運び終えるところだった。

「おれの二本目の動画は何にしようかな?」

三つ目小僧が身を乗り出してくる。

全体の企画会議というより、三つ目小僧個人の企画を思案する会になりそうな気配を感じたので、私はすかさずサブチャンネルのことを切り出した。

「いいんじゃない？　サブでもなんでも、あたしの動画が公開されるならそれでかまわないし～」

雪女が私の案にさらっと賛同しながら、いただきますと手を合わせる。

「ワタシもいいよ」

枕返しも頷きながら、雪女と一緒に朝食を食べ始める。

「サブなんたらとかいうの、さっぱり分からへんわ。ほんまに、にんげんは次から次へと新しいもんを拵《こしら》えるなぁ」

感心しているのか呆れているのか、小豆婆がため息をつく。

「おい、おれの話聞けよ！　っていうか、サブチャンネル？　まぁいいけどさ。チャンネル名とか考えてんの？」

腕組みしながら、三つ目小僧が指摘する。

「特には、考えてないです。私が命名すると捻《ひね》りのないチャンネル名になりそうなので」

「捻《ひね》らなくていいんじゃない？　分かりやすいのが一番だよぉ」

人差し指と親指でOKしながら、雪女が励《はげ》ましてくれる。

「分かりやすいっていうと……あやかし動画……あやかしチャンネル……あ、『あやかしTV』とかでいいんじゃないか？」

「さんせ～い！」

三つ目小僧の提案に、雪女が頷く。

あやかしTV。シンプルなチャンネル名だ。いずれにせよサブチャンネルの話はまとまったので、私は安心して目の前のご馳走《ちそう》に意識を集中させた。

華やかな彩《いろど》りの山菜《さんさい》ちらしと、冷たい茶碗蒸し。

先に食べ始めた雪女は、冷たい茶碗蒸しがいたく気に入ったようで、そればかりをぱくぱくと食べ続けている。

「うま！」「冷え冷え～～！」「最高なんだけど！」と連呼している。

よく見ると、茶碗蒸しにはとろっとしたあんがかかっている。

スプーンでするりとすくい、口に運ぶ。

「美味《おい》しい……！」

つるりとした食感と、柔らかな出汁《だし》の風味。優しい味だからどんどん食べられる。

しっかりと下処理した山菜《さんさい》は、苦味もえぐみもない。ぎゅっと凝縮した山菜《さんさい》の旨味が、出《だ》汁《し》と卵液に絡まって上品な味わいだ。

「山菜《さんさい》って、なんでも合いますね」

「でしょう？」

隣で、にこにこしながら糸さんがちらし寿司を食べている。

茶碗蒸しをたっぷりと堪能してから、私もちらし寿司に箸《はし》をつけた。

錦糸卵《きんしたまご》に、干《ほ》し椎茸《しいたけ》、蓮根《れんこん》、甘酢生姜《あまずしょうが》、刻《きざ》み海苔《のり》。少し濃いめの酢飯が甘酸っぱくて美《お》味《い》しい。

細かく刻まれた山菜《さんさい》が酢飯にたっぷりと入っていて、すごく満足感があった。

「それで小夏、おれの二本目なんだけど……聞いてるか⁉」

幸せな気持ちでもぐもぐもぐしながら、目の前の三つ目小僧のしかめっ面に向き合う。

「ひいてまふよ」

「どんな感じにする？」

「ほうれふねぇ」

話をしようと思ったけれど、美味《おい》しいちらし寿司の誘惑に負けた。もうひと口だけ頬張ってから口元を拭《ぬぐ》う。

「どうしましょうね」

「何かアイデアないの？　ねぇ？」

三つ目小僧の悲しそうな顔を見ながら、うーん、と唸《うな》る。

「そうですねぇ……たとえば糸さんの場合だと、山菜料理《さんさいりょうり》のレシピが豊富なので、シリーズで撮りやすいんですけど」

「うん、まだまだあるよ。なんなら新作を考案中だよ」

嬉しそうに糸さんが頷いている。

レシピを考案しているところから動画を始めるのもいいかもしれない。試行錯誤するイケメン。失敗しても絵になりそうだ。

ほっこり＆ていねいな暮らしはシリーズ化して、動画リストを作るのもありかもしれない。

「また見つめ合ってんじゃん。笑える」

おかしそうに肩を揺らしながら、雪女が茶々を入れる。

「真剣に今後のことを考えてるんです」

「それって二人の未来ってこと？」

ますます雪女が笑う。

「あやかしＴＶの未来です！」

私はびしっと宣言する。

「じゃあさ、あたしは小顔になる体操とかやろうかな」

雪女がさっそく小顔体操とやらを実践《じっせん》してくれる。

思わず、吹き出しそうになった。変顔にしか見えないのだ。

顎《あご》を左右に動かしてみたり、眼球をぐるぐると回してみたり。上を向いたかと思えば舌を突き出して呻《うめ》いている。

「……そんなことして小顔になるんですか？」

「もちろん！　あたしの顔が証拠だよ。劇的に変わったんだからね。やらないと損だよ」

雪女の現状は、小顔というほどでもない、普通のサイズだ。

小さくなった、という思い込みなのだろうか。もしそうでないのなら、もともとかなり大きかったことになる。

「……体操してるときの顔って、晒《さら》しても大丈夫なんですか？」

かなりの変顔なので心配になる。

「カメラの前で実践《じっせん》しないと意味ないじゃん」

「それは、そうなんですけど」

本人がいいというなら大丈夫だろう。素顔を晒《さら》す勇気といい、実にあっぱれだ。

「ワタシもまだ言ってないことあるよ」

枕返しが、うひひと笑いながら武将の暴露を再開しようとする。

今は食事中なので、他人様《ひとさま》の恥部《ちぶ》は耳に入れたくない。

「今度、カメラの前でお願いします」

こうなったら仕方がない。彼女には暴露系動画専門になってもらおう。

噂話が好きなあやかしがいれば、再生回数は伸びるだろう。

「そういえば、小豆婆さんは小豆《あずき》を洗いに行ってたんですよね」

小食らしい小豆婆はすでに食事を終え、熱々の小豆茶《あずきちゃ》で一息ついている。

「ちょっと歩いたらきれいな湧水があってなぁ。この旅籠《はたご》に来るときは、そこで洗うんが楽しみなんや」

「水が流れる音ってしますか？」

「そら、当たり前やん」

「虫とかいます？」

「夜になったら、いい声で鳴いとるで」

「完璧《かんぺき》ですね」

きれいな湧水。水の音。虫の声。

小豆婆の動画は、第二弾もＡＳＭＲで決定だ。

各々の方向性も決まったし、なかなか実のある企画会議だった。

「なぁ、小夏！　おれの二本目は？　おれだけ決まってないじゃん！」

三つ目小僧の焦った声を聞きながら、私は小豆婆に淹《い》れてもらった小豆茶《あずきちゃ》をズズーッとすすったのだった。

山菜《さんさい》味噌《みそ》の辛旨《からうま》ディップ

出演者たちの許可を得たので、私はサブチャンネルの準備を始めた。

紬屋のアカウントで「あやかしＴＶを立ち上げますよ」という宣伝をしてから、そのための予告動画を用意して、投稿した。作業は一晩で終わった。

深夜に作業が捗《はかど》り、充実感に包まれながら就寝したのは明け方だった。

遅くまで頑張ったのだから昼過ぎまで寝たい、でも糸さんが作った朝食が食べたい。

葛藤《かっとう》しながら布団の中でまどろんでいると、やたら元気な声が耳に届いた。

「小夏！　起きて！　コメントたくさんついてるよ！」

三つ目小僧だ。無断で侵入してきたらしく、ぐいぐいと体を揺さぶられる。

もうちょっと寝たいんだけどなぁと思いながら、仕方なく、むくりと起き上がる。

「こめんと……？」

ぼんやりした頭のまま、スマホの画面を見る。

あやかしＴＶを始める旨の予告動画。まだ投稿したばかりなのに、コメント欄には大量の掠《かす》れた文字が並んでいた。ぎくりと体が強張《こわば》る。おかげで一気に覚醒《かくせい》した。

「まさか、炎上……？」

恐怖で身が竦《すく》む。まだ、一度足りとも経験していない、炎上という名の現象。

あえて有名になるための手段でもあるらしいのだけれど、私は平和主義者だし、心身の平穏のためにもできれば避けたかった。

炎上騒動により、引退という結果になったクリエーターもいる。日々投げられるアンチコメントに精神を病んでしまうこともある。

私はおそるおそる画面をスクロールした。

そこには、アンチコメントの類《たぐい》はほぼなかった。どうやら、歓迎されているらしい。

「めちゃくちゃ期待されてんじゃん！　やっぱ、おれってそういう資質っていうの？　あるんだなぁ」

自分に酔った様子の三つ目小僧をちらりと見る。

……煽《あお》り過《す》ぎたかもしれない。実は、妙にハイテンションで予告動画を作成してしまったのだ。いわゆる深夜のノリというやつだろう。

ちょっと後悔しながら、私は予告動画を再生した。

チャラララ～ン！　デデーン！　ドゥオン！　というＢＧＭから動画は始まった。

『世界初公開！　あやかし密着チャンネル爆誕！　その名も、あやかしTV！』

ここで、なんとも間が抜けたプワプワ〜ンというラッパの音が入る。

『三つ目小僧のモーニングルーティーン！　これであなたも今日からイケてる男！』

『雪女のおすすめモテメイク紹介！　なりたい自分に今からなれる！』

『枕返しの歴史探訪！　あの歴史上の人物も返されていた⁉』

『小豆婆による癒しのASMR動画！　心地よい睡眠をお届け！』

『糸引き女のほっこり料理！　ていねいな暮らしの一コマをお見せします！』

『続々公開！　乞うご期待‼』

最後も、チャラララ〜ン！　デデーン！　ドゥン！　というBGMで締めくくられている。

……なんということだ。センスの欠片《かけら》もない。深夜のノリの恐ろしさにひたすら慄《おのの》いた。

「ある意味、炎上かもしれない……」

まずいなぁ、と私が思っている間にも、再生回数はぐんぐん伸びていく。

あやかしたちの視聴も再生回数に反映されるらしいということを今さら知る。

しばらく呆然《ぼうぜん》としながら、私は増え続ける数字を眺めていた。

さっそく本編も投稿したら、CMのおかげか、あやかしTVは幸先のいいすべり出しとなった。

最も再生回数が伸びているのは、まさかの小豆婆の動画だった。これには私も驚いた。

ＡＳＭＲという存在は、あやかしにそこまで認知されていなかったものの、解説欄の『#癒し』『#リラックス』『#睡眠導入におすすめ』という部分から理解を得たらしく、じわじわと再生数が伸びたようだ。

小豆《あずき》を洗う際の「ジャ、ジャ、ジャ」という音であやかしたちが癒され、眠りにつく場面を想像すると、なんともいえない気持ちになる。人間の世界で働くあやかしたちは、やはり疲弊《ひへい》しきっているのだろう。おそるべし現代のストレス社会。

「なんでだよ⁉　ただの音声じゃん！」

三つ目小僧がぎゃんぎゃんと喚《わめ》く。彼は無職なので、ストレス社会は理解しがたいのだろう。ストレスフリー。ＡＳＭＲの癒しも不要だ。

「予想外でしたね」

「小豆婆め……！」

私が言うと、三つ目小僧が悔しそうに地団駄を踏む。

「小豆《あずき》がじゃらじゃらしてるだけの音なのにぃ……うぅ……」

悲しそうな顔になり、とうとう三つ目小僧は泣き出してしまった。

かわいい童子《わらべ》がぽろぽろと涙を流している様は、ものすごくかわいそうで放っておけない気持ちになる。

「次は、きっと三つ目小僧さんの動画が一番人気になりますよ」

「本当……？　おれの動画、ばずる……？」

「大丈夫です」

たぶん……いや、大丈夫だろうか。言ったそばから不安になる。

初動では、三つ目小僧のモーニングルーティーンが一番人気だったようだ。キャッチーというか、使い古された感はありつつも、モーニングルーティーンは鉄板ネタだ。

ぐんぐん伸びる再生回数を見ながら、本人も大興奮だったようだが、意識高い系あやかし、というのが鼻についたのかもしれない。そこは人間もあやかしも同じらしい。

時折アンチコメントも紛れ込んでいる。

雪女の動画も同じだった。一部の特殊メイク愛好家……じゃない、モテメイク好きなあやかしたちには人気を博《はく》したものの、「口調がうざい」「ぶりっこ」というストレートな悪口がちょいちょい見られる。「顔面詐欺師《がんめんさぎし》」というアンチコメントを見たときには、雪女に悪いと思いつつ、ちょっと笑ってしまった。

テクニックが認められているという点では、ある意味、賞賛《しょうさん》コメントと言えなくもない。

「そんなかわいい顔して、どうせ怪力《かいりき》なんだろう」というコメントもあった。これにはちょっとむかっとした。かわいくて怪力《かいりき》のどこが悪いというのか。

いつの間にか部屋に来ていた雪女本人は、「アンチがいるのは人気の証だよ〜！」と満足そうに笑っている。まるで意に介していない。かなりの強メンタルだ。

おそらく、プチ炎上を繰り返しながら、アンチに支えられていくタイプだと私は分析している。本人もその気らしいので、その路線でこれからも進めるつもりでいる。

あざとかわいい雪女による美容系動画。メイクの腕は確かだし、炎上ウェルカム。可能性しか感じない。

枕返しは、最初から落ち着いたすべり出しで、炎上することもなく地道に再生数を稼いでいる。コメント欄も平和そのものだ。

枕を返す瞬間が見たい、というコメントがどしどしと届いているので、いつか本人が納得する形で動画にしたいなと思っている。

糸さんの料理動画は二番人気だった。ていねいな暮らし、というのに憧れるあやかしは一定数存在するらしい。

コメント欄から察するに、ほとんどの視聴者は女性だろう。糸さんの美しい容姿に悶《もだ》える層も多くいた。見ていると癒されるのだとか。

「癒しというのがポイントですね。みなさん、相当お疲れのようなので」

「にんげんはストレスしか与えないからな」

私が言うと、三つ目小僧が、ふんっと顔を背《そむ》けた。

人間が何か、あやかしたちに迷惑でもかけているのだろうか。

「たとえば、どういうところですか？」

「おれたちの絵がひどい。あまりにもひどい！」

「……はい？」

ちょっと意味が分からないので問い返す。

「巻物《まきもの》とか書物《しょもつ》とかあるだろ。あやかしが描《か》かれてるやつ。たいていが不気味で、おぞましくて、かわいさの欠片《かけら》もないんだ。あれはぜったいに悪意がある。むしろ悪意しかない。じゃないと、あんな風に描《か》けないよ」

ぷんぷんと怒《おこ》りながら三つ目小僧が指摘する。

「確かに、怖いですね……」

私も三つ目小僧の意見に同意する。

あやかしは恐怖の対象として描《えが》かれていることが多い気がする。

「そのせいで、おれたちはそういう存在だと誤解されちゃってるんだよ。あれは完全にめいよきそん！　しょうぞうけんのしんがい！」

名誉棄損《めいよきそん》とか、肖像権《しょうぞうけん》の侵害《しんがい》とか、よくそんな言葉知っているなぁと、怒《おこ》る三つ目小僧を見ながら感心する。

「あと、あれもそう！」

まだあるらしい。

「伝承《でんしょう》だ！」

「そういえば、糸さんも伝承《でんしょう》のことは言ってましたね。ぜんぜん真実と違うから、自分のことだって分からなかったって」

私がそんなことを思い出していると、あやかしたちの不満が次々に爆発した。

「雪女なんてひどいもんだよ。男を殺したことになってるし」

「違うんですか？」

「当たり前じゃん。雪山で凍死しそうになってた男を助けてやったんだよ。雪女は怪力《かいりき》だから、男を担《かつ》いで山を下りたらしいんだ。それなのに、ひどいでしょ？　どうせ、女に助けられたのがかっこつかないとか思ったんだよ。昔の人間の男ってさ、そういうとこあったじゃん」

「はぁ……すみません」

「なんで小夏が謝るの？　小夏は現代の女じゃん」

「えっと、人間を代表して……？」

私も完全にその伝承《でんしょう》を信じていたので、申し訳ない気持ちになったのだ。

「にんげんがみんな、小夏みたいにいい奴だったら、ストレスフリーなんだけどなぁ」

「そうですか」

「そうしたら、小豆婆の動画もバズらなかったし、おれが一番人気だったのに」

諦めの悪い三つ目小僧が、ちぇ、とくちびるを尖《とが》らせる。

そして、「次はどんなの撮る？」と、私にきらきらした目を向けてきたのだった。

◆◆◆

三つ目小僧の二本目の動画制作がまるで進行しないなか、その他のあやかしたちは順調に投稿本数を伸ばしていった。

雪女と小豆婆のコラボ企画も撮影した。

「今日はぁ、小豆婆と一緒に小豆茶《あずきちゃ》をつくりまぁす」

「けったいなしゃべり方やな」

きゃぴきゃぴした雪女に、さすがに関西在住あやかしの小豆婆がツッコミを入れる。

「小豆《あずき》には～、サポニンという成分が含まれてまぁす」

雪女はツッコミをもろともせずにきゃぴきゃぴスタイルを貫《つらぬ》く。

サポニンには脂質の代謝《たいしゃ》を促《うなが》し、血糖値の上昇を抑えるといった効果があるらしいのだ。血液の流れをよくして、むくみの解消もサポートしてくれるという。

「不溶性《ふようせい》の食物繊維《しょくもつせんい》が豊富やから、体内の老廃物《ろうはいぶつ》を外に排出してくれるんや。デトックス効果も期待できるで」

カンペを見ながら、すらすらと小豆婆が台詞《セリフ》を口にする。意外に器用なタイプらしい。

「体を……温める？　効果もある的で～えっと、何？　血流？　を、すごぉくイイ感じにしてくれまぁ～す」

漢字が苦手だという雪女のために、ルビを振りまくった力作のカンペ。

たどたどしいながらもなんとか読ませることに成功して、ほっと息をつく。

「さっそく作り始めまぁす！　まずは、たっぷりのお水で小豆《あずき》を洗いま～す」

しばし、旅籠《はたご》の台所にジャ、ジャ、という小豆婆が小豆《あずき》を洗う音が響く。

「続いてぇ、香りが出るまで鍋で小豆《あずき》を炒《い》りまぁす」

雪女の説明に合わせて、小豆婆がていねいに鍋で小豆《あずき》を炒《い》る。

「水を加えて～、沸騰《ふっとう》するのを待ちま～す！　どれくらい煮出す感じですかぁ？」

「二十分か、三十分くらいやな」

「かんたぁ〜〜ん！　これだけで、美容とダイエットに効果抜群の小豆茶《あずきちゃ》が完成しま〜す」

結局、雪女はこれといって作業をしないまま、撮影は終了した。

「美味《おい》し〜い！」

実食シーンでは、雪女がにっこり笑顔でカメラに向かってアピールしていたけど、「口調がうざい」という反応が怖いので泣く泣くカットした。

公開後すぐに、このコラボ企画はかなりの再生回数を稼いだ。

美容とダイエットに興味があるのは、何も人間だけではないようだ。

雪女は自分の動画の再生回数の伸びを確認しては、きゃぴきゃぴと喜んでいた。そんな彼女も、紬屋を後にする日がやって来た。

彼女たちは結局二週間近く滞在していた。

「撮影とか、めちゃくちゃ楽しくってさ。ついつい長居しちゃったよ〜！　本当は、一ミリも帰りたくないいんだけど。シフトに穴をあける訳にはいかないしね」

名残惜しそうに雪女がつぶやく。仕事に関して真面目らしく、怪力《かいりき》ということもあって職場では重宝されているのだろう。

「ワタシも帰るよ。ホテルも人手不足でねぇ。店長に泣きつかれたんだよ」

働き者だが、しょっちゅう客室に忍び込んでいる、不届き者でもある枕返し。

店長はいつ、その事実に気づくのだろうか。

「うわぁ～～ん！　本当に寂《さみ》しい！　またすぐに連休ゲットして来るから！　企画も考えとくから！　小夏も考えといてよ？」

旅籠《はたご》の玄関で、ぎゅっと雪女に抱き着かれた。ひんやりとした体温を感じる。糸さんとは違う。やはり雪女だから冷たいのだろうか。

心がきゅっとするのは、たぶん寂《さみ》しいからだ。おそるおそる抱き返そうとしたけれど、雪女はすぐに離れてしまった。

「おれは帰らない！」

三つ目小僧の声が細屋に響いた。

「二本目の動画、おれはまだ撮ってない！」

決意は固いらしい。

雪女が担《かつ》いで帰ろうとしていたけれど、ぜったいに帰らないと言って三つ目小僧が抵抗する。

「無職なのに、一人で宿賃《やどちん》どうすんの？　払えないでしょ？」

雪女に睨《にら》まれ、三つ目小僧はしょんぼりと項垂《うなだ》れる。

「だって、おれはまだ、ばずってないもん……！　人気になってないもん……！」

涙目になる三つ目小僧に、雪女がふぅっとため息をつく。

「……しょうがないなぁ。しばらく泊まれるように宿賃《やどちん》、置いて帰るから」

雪女が、泣きそうになっている三つ目小僧の頬をムニムニと揉《も》む。

「ありがとう……！　雪女って最高にいい奴だな」

三つ目小僧が飛び跳ねて喜ぶ。雪女がいい奴なのは同感だ。

もしかしたら、きゃぴきゃぴキャラよりも姉御キャラのほうが素に近いのかもしれない。

そっちのほうが人気が出そうなのにな、と思いながら、私は三つ目小僧とやり取りを眺めていた。

雪女と枕返しが宿を後にしてすぐ、小豆婆も次の宿場《しゅくば》を目指して出発した。

「また来るわ」

そう言って、お遍路《へんろ》さんスタイルの小豆婆が歩き出す。

私は、彼女の姿が見えなくなるまで、糸さんと一緒に見送った。

「なんか、急《きゅう》に静かになっちゃいましたね」

「そうだね、でも、予約は入ってるから。もう少ししたら、また賑やかになるよ。それに、まだ三つ目小僧もいるし」

そうなのだ。三つ目小僧の動画を、なんとかしなければ。

このままでは、彼は三つ目小僧というより、旅籠《はたご》に棲《す》みつく座敷童になってしまう。

「うーん……」

しばらく部屋で唸《うな》ったけれど、いい案は思い浮かばなかった。

◆　◆　◆

お昼前に台所へ行くと、糸さんがフキの下処理を始めるところだった。

「手伝います」

「いいの？　ありがとう」

「気分転換にもなるので」

私は、作業台のそばにある椅子に腰かけた。

糸さんは水洗いした後、フキを茎《くき》と葉に切り分ける。

茎《くき》は茶色くなった根元を切り落とし、鍋に入る長さに切り揃えた。

沸騰《ふっとう》した湯に入れ、少し茹でるとフキは翡翠色《ひすいいろ》になった。筋を取るのは、水にさらして粗熱をとってからだ。

私は包丁を握り、刃《は》に親指を添わせるようにして、フキの筋を剥《む》く。

フキは、初春から梅雨時にかけてが旬《しゅん》らしい。でも、しっかりとアク抜きをすれば、初夏以降に採れるフキも美味《おい》しくいただけるという。

「包丁で手を切らないでね」

私の手元を見ながら、糸さんが心配そうな顔をする。

「大丈夫です」

少しだけ、むすりとした顔になってしまう。だって、「手を切らないで」と言われるのは今日でもう三度目だ。よほど危なっかしい手つきなのだろう。

フキの下処理が終わると、糸さんが小瓶を取り出してきた。

「今日の出来を確認してみよう」

「はい」

手伝いをしていると、いいことがある。ときどき、こんな風に「味見」にありつけるのだ。

「これはね、辛味噌《からみそ》なんだ」

そう言って、糸さんが辛味噌《からみそ》を小皿に盛る。フキは水気をしっかりと切って、食べやすい大きさにカットしてくれた。

「みじん切りにした青唐辛子《あおとうがらし》を入れてるから、けっこう辛《から》いよ」

「辛《から》いのは好きなので、平気です」

私は、フキで辛味噌《からみそ》をすくった。口に入れた瞬間、ピリリと舌が痺《しび》れた。辛《から》い。けど、美味《おい》しい。

フキはすっと噛み切れるくらいの柔らかさで、みずみずしさを感じる。ほろ苦さと辛味噌《からみそ》の相性は抜群だった。

「旨辛《うまから》……！　あ、もしかして、辛味噌《からみそ》にも山菜《さんさい》が入ってますか？」

「うん。ワラビ、山うど、こごみを細かく切って入れてる」

山菜《さんさい》って、本当に万能《ばんのう》だなぁと思いながら、新たなフキに手を伸ばす。

「いい感じだ」

糸さんがフキを口に入れて、確認するように頷いている。どうやら合格の出来らしい。

辛味噌《からみそ》をディップする手が止《と》まらない。辛《から》いのに、その辛《から》さがクセになる。

あっという間に味見用のフキを食べ切ってしまった。

「糸さん、この辛味噌《からみそ》は売らないんですか？　お土産《みやげ》コーナーを作って並べたらいいと思うんですけど」

「それは、考えたことなかったな」

腕を組みながら、お土産《みやげ》かぁ、とつぶやいている。

もったいないなと思う。美味《おい》しいのはもちろんだけど、何か旅の思い出になるものがあれば、私だったらすごく嬉しい。

「たぶんお客さんって、思い出と一緒に帰りたいと思うんですよね。ごはんが美味《おい》しかったとか、お風呂が気持ちよかったとか。お土産《みやげ》があると、元の生活に戻っても、それを眺めながらしばらくは余韻《よいん》に浸《ひた》れるじゃないですか」

「……そういうものなのかな」

「何より、美味《おい》しいですしね。私なら買いたいです」

お土産《みやげ》にしたい、という案をぐいぐいと押し、なんとか糸さんの了承を得た。

「なんか、そこまで気が回らなくて……」

おっとりと笑う糸さんの尻を叩き、お昼ごはんを食べた後、私はさっそく辛味噌《からみそ》の商品化に取り掛かった。

青唐辛子《あおとうがらし》と山菜《さんさい》を刻みながら、私は味見を繰り返す。

作り始めて気づいたのだけど、辛《から》い、というのは案外、難しい。

ピリ辛《から》は好きだけど、激辛《げきから》はムリ、ということもあるだろう。

そもそも辛《から》さの感じ方なんてそれぞれ違うのだし。

「何種類か作るのはどうだろう」

台所で包丁を握る私のそばで、縫い仕事をしながら糸さんが笑う。

彼が縫っているのは風呂敷《ふろしき》だ。風呂敷《ふろしき》といっても、どれもおしゃれでかわいい柄《がら》ばかり。辛味噌《からみそ》の小瓶をこれで包もうという計画なのだ。

「ピリ辛《から》、激辛《げきから》、みたいな感じですか？」

「そうそう。味見もできるようにすれば、好みの辛《から》さを選んでもらえると思うんだよ」

なるほど。それはありだ。

「いいですね。それでいきましょう」

できたら、四種類くらい作りたい。子どもでも食べられるくらいの、ほんの少し辛《から》い『ちょい辛《から》』、辛《から》いのは好きだけど、激辛《げきから》は苦手な場合の『ピリ辛《から》』。

もう少し辛《から》さが欲しいときは『辛口《からくち》』、そして、激辛マニアのための『大辛《おおから》』。

これだけ種類があればじゅうぶんだろう。

ちなみに、私は『辛口《からくち》』までは平気だけど、『大辛《おおから》』になると口の中がヒリヒリしてダメだ。

「うぅ……ひゃらい……！」

涙目になりながら味見をしていると、糸さんが『大辛《おおから》』の味付けを代わってくれた。激辛《げきから》の味噌を口に含んでも、平然としている。

意外にも辛《から》さへの耐性はあるらしい。おっとり&ふにゃふにゃな糸さんなので、なんとなく甘いもの好きで、辛《から》いものは苦手だと思い込んでいた。

「うーん、ちょっと辛《から》いかなぁ」

口の中で辛味噌《からみそ》を転がしながら、糸さんが味を調節している。

ぜったいにちょっとどころではない。私が味見したときより、さらに青唐辛子《あおとうがらし》を足している。

辛《から》いのが苦手な場合、それはもう凶器だ。

口の中をヒリヒリさせながら、私は『大辛《おおから》』には注意書きが必要だなと強く思った。

辛味噌の商品化に伴い、CMを流すことにした。紬屋のチャンネルで、旅籠《はたご》の宣伝と辛味《からみ》噌《そ》のアピールをする。

ちゃちゃっと編集作業をして、動画を投稿すると、玄関から「こんにちは！」と元気な声が聞こえた。

お客さんだ。今日から一泊二日で女性が二名ほど宿泊することになっている。

糸さんが手書きでカレンダーに書き込んでいた、例のお客さんたち。

ひょいと顔を出すと、糸さんが部屋に案内するところだった。

女性客の一人がこちらに気づいて、「あっ」と驚いた顔をする。あやかし旅籠《はたご》に人間がいたのだから、驚きもするだろう。

糸さんがお客さんに私のことを簡単に説明をしてくれる。

「アカウントの中の人だったんですか……！」

黒髪ショートのあやかし女子が目を輝かせる。おしゃれに余念がないところを見ると、雪女と同じタイプなのだろう。人間社会を満喫しているイマドキあやかし。

「会えて嬉しいです～！」

感激している。普通、中の人には会いたくないものではないだろうか。

彼女がしゃべる度に「ちゅんちゅん」という謎の音が聞こえる。気のせいではないと思う。なんというか、鳥の鳴き声に近い。

ちなみにもう一人は、ちゅんちゅん女子の陰に隠れるようにして立っている。やたら影が薄い。特徴がないというか、特徴を掴ませてくれないというか。

「私、夜雀《よすずめ》です。こっちは、影女《かげおんな》。SNSで見て来ました～！　よろしくお願します～！」

なるほど、夜雀かぁ……

ちゅんちゅんの理由が分かった。雀に似た独特のかわいらしさが彼女にはある。

小柄《こがら》な夜雀の後ろにいるのが、影女らしい。どうりで影が薄いはずだ。特徴を掴ませてくれないという意味不明な事態も納得できる。

部屋に案内される彼女たちの背中を見送りながら、胸がじぃ～んとなった。自分のやったことが少しでも集客に繋がったのだと思うと嬉しい。

お風呂は気持ちいいし、ごはんは美味《おい》しい。それはぜったいに保証するので、ゆっくりと紬屋でくつろいでほしいと思う。

◆　◆　◆

深夜になり、私は台所にいる糸さんのもとへ向かった。

彼女たちの夕食には辛味噌《からみそ》のディップも出したらしいので、その評価を知りたい。

私は好きな味だけど、改良の余地があるなら、まだまだ試行錯誤するつもりだった。

「辛味噌《からみそ》、どんな感じでした？」

「すごく美味《おい》しいって言ってくれたよ！」

どうやら、彼女たちは辛《から》いものに耐性があったようだ。

かなり喜んでもらえたのだと、糸さんはうきうきしながら言う。

「それでね、思いついたんだけど」

台所の洗い場で、ていねいに器《うつわ》の汚れを落としながら糸さんが言葉を続ける。

「辛味噌《からみそ》は売るんじゃなくて、帰るときにお渡ししようかなって。山菜《さんさい》以外でもいけるから、全員に渡していろいろ楽しんでもらいたいんだ。ごはんのお供とか、ソースのアレンジとか。自宅に戻って、また紬屋のことを思い出してもらえたらなって……」

気前がいいというか、なんというか。本当に、このひとには商売っ気がない。

「……どう思う？　ダメかな？」

糸さんが遠慮がちに私を見る。

「いいも悪いもないです。紬屋の主人は糸さんなので、決めるのは糸さんです」

「うん……」

あ、ちょっと言い方が悪かった？

しょんぼりと肩を落としている彼を見て、自分のつっけんどんな物言いを後悔をする。

本当に、私はかわいげがない。

「……それ、すっごくいいと思うよぉ～！」

「ん？」

雪女をマネた口調に、糸さんが驚いた表情になる。

器《うつわ》を洗う手が止《と》まって、私を凝視している。

「ナイスなアイデア～！」

「え、え？　ちょっと、小夏ちゃん……？　どうしたの……？」

おたおたと糸さんが焦っている。私が乱心したと思っているのだろう。

「ぜぇーったいお客さん喜ぶと思う〜!」

前々から、雪女のことを羨《うらや》ましく思っていた。

思ったことを素直に言葉にできるところ。嫌味がないところ。そういうところをマネしたくて、彼女の口調で言ってみた。

「本心を言うとき、意外と便利というか、クセになる口調ですね。言いながら気づいたんですけど」

私が乱心したのではないと知り、糸さんが大きく肩で息をする。それから笑い出した。

「口調は雪女でも、表情がいつもの小夏ちゃんスタイルだから、ちょっとおかしかったよ」

くすくすと笑われ、「失敬な」と言い返す。

「というか、私のスタイルってなんですか」

「感情が顔に出にくいのが、小夏ちゃんスタイルじゃない?」

「……そうですか。だとしたら、あまりよくはないですね」

自分で言ったくせに、胸がチクッとした。

「そんなことないよ」

優しく諭《さと》すように言われて、チクッとした部分が少しだけ癒《い》える。

「……辛味噌《からみそ》」

「うん？」

「小瓶に詰めて、かわいい風呂敷《ふろしき》で包むじゃないですか。そこに糸さんおすすめのアレンジレシピを一緒に入れるのはどうでしょう？　宿泊してもらったお礼の一言を添《そ》えることもできますし……」

いつもの口調で自分の考えを伝えると、糸さんがみるみる笑顔になった。

「小夏ちゃん！」

感激したような面持《おもも》ちの糸さんにちょっと戸惑う。

「……なんですか」

「それ！　僕もまったく同じこと考えてた！」

「そうなんですか？」

だったらよかった。ちょっと差し出がましいかなと思っていたので。

「あ、そうだ。浴衣《ゆかた》もね、すっごく喜んでくれたよ」

思い出したように糸さんが言う。

「ぜんぶかわいくて、着たいのがいっぱいあって選べない、困るって言ってた」

はにかみながら、糸さんが夜雀たちとのやり取りを教えてくれる。

新たに準備したカラフルな浴衣《ゆかた》は、見事にイマドキあやかし女子の心を掴んだらしい。

「喜んでもらえてよかったですね」

「小夏ちゃんのおかげだよ。浴衣《ゆかた》のことなんて、僕ぜんぜん意識してなかったから」

嬉しそうな糸さんの顔を見て、胸がぎゅっとなった。縫うという行為、彼の習性がお客さんに喜んでもらえたのだ。

「糸さんのていねいな仕事の賜物《たまもの》です。新しくあつらえた甲斐《かい》がありましたね」

「……うん」

静かに糸さんは頷いた。

結局、辛味噌《からみそ》はお土産《みやげ》として無料で一瓶お渡しすることとなった。

丸いころんとした小瓶に辛味噌《からみそ》を詰め、小さな和紙にアレンジレシピを書き込む。お礼の一言を添《そ》えて、かわいい風呂敷《ふろしき》でくるんだ。

「なんか、既視感というか。懐かしい感じがするなって思ったら、あれだ」

糸さんが辛味噌《からみそ》の包みを手のひらに乗せながら、思い出したように言う。

「なんですか？」

「お手玉。感触は違うけど、見た目が似てる」

「……そうですか」

「小夏ちゃんは知らないでしょ？」

「知ってますよ。中に小豆《あずき》とかを入れて、縫い合わせてあるやつ」

それくらいの知識は、私にもある。

「……それは、そうですけど。でも、お手玉って女の子が遊ぶものじゃないんですか？　糸さんもお手玉で遊んでたんですか？」

あくまで私のイメージだけれども。

「えーっ、普通に男女で遊んでたよ」

放り投げるような手つきをしながら、糸さんが遊び方を教えてくれる。

いつの間にか糸さんは口ずさんでいた。

「そうやって遊んでいたのは、いつ頃ですか」

「……ずっと昔」

「懐かしいですか？」

「そうだね」

糸さんが口ずさむ数え歌を聞きながら、このひとのことを知りたいと思った。

唐突に、強くそう思った。

どんな風に長い時間を過ごしてきたのか。どこで、どんなことがあって、今の糸さんになったのか。

「すてきな歌ですね」

「……うん。でも、にんげんはもうこの歌を忘れてしまったかもしれない」

ぽつりと寂《さみ》しそうに糸さんがつぶやく。

「なぜですか？」

「ずっと昔に覚えた歌だから……」

「じゃあ、私が覚えます」

意識せずとも、そう口にしていた。糸さんが、あまりに寂《さみ》しそうな声を出すものだから。

「え、小夏ちゃんが？」

糸さんが目を見張る。

「最初からうたってください。物覚えは悪くないつもりなんですけど。もし、糸さんの喉を嗄《か》らしてしまったら、すみません」

何ぶん、数え歌というものに馴染《なじ》みがない。

すごく真面目に言ったつもりなのに、糸さんが小さく吹き出した。

「じゃあ、初めからうたうね」

数え歌は、どこか懐かしく、少し不思議な感じがする。

しんと静かな夜の台所に、糸さんの穏やかな歌声が響いている。

私は心地よいその声に、体ごとゆだねるようにして、じっと耳を傾けていた。

◆　◆　◆

翌日、宿を出る際に辛味噌《からみそ》の包みを手渡すと、夜雀は感激していた。

「え、うそ。お土産《みやげ》をいただけるんですか？　ありがとうございます！　すっごく嬉しいです！　なんか、ころんってしてて見た目もかわいいし。辛《から》いのは大好きなので、帰ったら少しずつついただきます」

ちゅんちゅん、とさえずりながら夜雀が大事そうに包みを鞄にしまう。

「あ、影女も喜んでますよ！」

自分の背後にいる影女を確認しながら、夜雀が言う。

どうやら、影女のほうが辛《から》いものに目がないらしい。一番辛《から》い辛味噌《からみそ》をチョイスし、うきうきしているようだ。

「狂喜乱舞《きょうきらんぶ》してます」

夜雀が言うも、薄ぼんやりしていて、残念ながらその姿は認識できなかった。

糸さんと一緒に二人を見送り、なんともいえない充実感に包まれる。

帰り際の夜雀の表情を見ていると、満足してもらえたことが分かった。

かわいい柄《がら》の浴衣《ゆかた》を気に入ってもらえて、辛味噌《からみそ》も喜んでもらえた。

直接、彼女たちをおもてなしした訳ではないけれど、自分のアイデアが形になって、喜んでもらえたことがとても嬉しい。

「旅籠《はたご》の仕事って、すごくいいですね」

隣にいる糸さんをちらりと見上げると、満足そうに頷いた。

「でしょう？　僕ね、美味《おい》しいごはんを作ったり、お風呂を準備したり、きれいな部屋を用意したり。そういう、おもてなしっていうの？　喜んでもらうのが好きなんだ。お客さんに喜んでもらうことが、自分の喜びでもあるんだ」

少し恥ずかしそうにうつむく糸さんを見ながら、じんわりと温かい気持ちになった。

糸さんは、料理にも掃除にも手を抜かない。手間暇を惜しまないタイプだ。

そのていねいな仕事ぶりが伝わったのだろう。後日、夜雀から手紙が届いた。

『紬屋さんですてきな時間を過ごすことができました！　ありがとうございました！　また、ぜひお邪魔したいと思います。それから、お土産《みやげ》にいただいた辛味噌《からみそ》なんですけど、あっという間になくなっちゃいました。添《そ》えてあったレシピのせいだねって、影女も言ってます！　すっごく美味《おい》しかったです！』

とのことだった。糸さんは手紙をもらってよほど嬉しかったのか、感涙《かんるい》しながら、私に見せに来た。

「小夏ちゃん、見て！」

「見てますよ。よかったですね」

「うん！」

「どんなレシピだったんですか？」

そこまでは、私も確認しなかった。糸さんの料理の腕を信用していたので任せていた。

「えっとね、マヨネーズを加えてこってりなディップソースにしたりとか、ラー油を入れて味噌ラーメンの味変用にしたりとか、味噌を足して野菜炒めに使ってもらったりとかかな。あとはね、冬になったら、すりゴマをたっぷり入れて、お鍋にも使えますって書いたよ」

指を折りながら、自慢のアレンジレシピを披露してくれる。

急激にお腹が空《す》いてきたけれど、我慢する。

「そんな、よだれが出そうなことをいくつも書いたんですか？」

空腹をこらえているせいで、低い声になった。

「ダメだった？」

糸さんがしょんぼり顔になる。

「いいに決まってるじゃないですか」

そう言うと、パッと糸さんが破顔する。

「……なんか、こんなに喜んでもらえると、お渡しだけにするのはもったいないような気がしてくるね」

手紙を見ながら、しみじみと言う糸さんの気持ちはよく分かる。お客さんに喜んでもらえることが、一番嬉しいのだ。

「やっぱり、お土産《みやげ》コーナーを作ったほうがいいのかな?」

「うーん、どうなんでしょう。お渡しのみだとすごくレア感もあるし、感謝の気持ちを伝えることもできるのでいいと思うんですけど……」

私は逡巡《しゅんじゅん》しながら「実は」と言って、スマートフォンの画面を糸さんに見せた。

辛味噌《からみそ》の動画のコメント欄には、いくつか「購入希望」の声が上がっていたのだ。

糸さんがまじまじと画面を見ている。たどたどしい手つきで、少しずつスクロールしている姿が、なんとも微笑ましい。

「夜雀さんのお手紙を読む限り、かなり好評のようですし。こんな風にお声も頂戴《ちょうだい》しているので、たとえばですけど、通販をしてみるのもいいかもしれないですね。もちろん、お渡しのみでも問題はないと思います」

糸さんの意向を確認したい。

「通販かぁ……やってみようかな。せっかく、こんなにコメントも来てるんだし」

糸さんが決意したように私を見る。

私は一日かけて、送り先や個数を入力できる購入用フォームを作成した。

驚いたのは、購入を希望するコメントの数倍の注文があったこと。

よくよく考えてみたら、自分のチャンネルでも日々そういった現象が起きている。

視聴してくれているひとの大半は、コメントを残さない。

糸さんに受注の件を報告すると、目を丸くした。

「ほ、本当に？　うそじゃない？　そんなにたくさん？　どうしよう、追加でどんどん作らないと追いつかないよ……！」

かなりテンパっているらしい。

「ありがたいけど、本当にどうしよう。ちょっと手が回らないかも……」

糸さんがあまりにおろおろしているので、私は助っ人の召喚を提案した。

「す、助っ人……？」

糸さんは、眉をぎゅっと寄せて訝《いぶか》しむ。

「ほら、暇を持て余しているあやかしが一人いるじゃないですか。ちょうど、紬屋に」

ん？　と一瞬、考えた糸さんは、どうやらその人物に思い至ったようだった。

「三つ目小僧だ！」

「そうです。もちろん私もお手伝いさせていただきますけど、人手は多いほうがいいと思いますから。宿賃《やどちん》をエサにして、手伝ってもらいましょう」

雪女と枕返しが紬屋を後にしてから、間もなく一週間が経つ。雪女からもらった宿賃《やどちん》が、そろそろ底を尽く頃合いではないかと思うのだ。

ふふん、と私が悪い顔をすると、糸さんが目を輝かせた。

「すっごくいいアイデアだよ！　今の今まで三つ目小僧のことは忘れてたけど、確かに暇で暇で仕方ないだろうし、適役だね！」

うんうんと糸さんも同調している。

すると、三つ目小僧が勢いよく、トタタッ！　と台所にやって来た。

「おい！　ぜんぶ話を聞いてたぞ！　なんて腹黒い奴らなんだお前らは。極悪コンビ！　なーにが適役だよ。しかもおれの存在を忘れるとかありえないだろ！　お客さまなんだぞ、おれは！」

ぷんぷんと怒《おこ》っている。かわいい童子《わらべ》に腹黒だ極悪だと罵倒《ばとう》されても、痛くもかゆくもない。

「聞かれていたのなら、話は早いですね。三つ目小僧さんには、糸さんと一緒に辛味噌《からみそ》を作っていただきます」

問答無用で、三つ目小僧をお手伝い係に任命する。

「おい小夏、勝手に決めるなよ！」

ぷんすかしている三つ目小僧を前にして私は腰を折った。彼と視線を合わせながら「料理男子は、人気のコンテンツですよ」と、耳元でそっとささやく。

「……え？」

「お手伝いしていただくにあたって、料理シーンを動画で撮ろうかと考えているんです。もちろん、紬屋の宣伝のためです。そのついでといってはなんですけど、三つ目小僧さんの二本目の動画にどうかと思いまして」

「あやかしTVの……？」

「はい」

「おれがメイン……？」

「そうです。念願の、二本目の動画ですよ」

あっさりと私に唆《そそのか》されたらしい。三つ目小僧の表情から怒《いか》りは消え去り、いつの間にかにんまり顔になっていた。希望に満ちた様子で、目がきらんきらんに輝いている。

彼が単純でよかった。ちらりと糸さんに目くばせをする。

糸さんは私と目が合うと、にこっといたずらっぽく笑った。

私は、ふふん、と悪役みたいな笑い方になった。三つ目小僧に指摘された、腹黒というワードが脳裏をかすめた。ちっと心の中で舌打ちをする。

極悪コンビではなく、商売上手な相棒と言ってほしい。

そんなことを考えていたら、俄然《がぜん》やる気になったらしい三つ目小僧に腕を引かれた。

「小夏、カメラ持ってきて！　撮影しよ！」

そう言って、両手で私の腕にぶら下がろうとする。

小柄《こがら》なわりには体力自慢な私だけど、いきなりだったのでさすがに焦った。足元がふらつく。ぐらっと体が片方に傾いだ。

危ない、と思った瞬間、糸さんの腕に支えられた。片手で肩を抱かれる。

「危ないでしょ」

糸さんに優しくたしなめられ、三つ目小僧はぷうっと頬を膨らませる。

「早く撮りたいんだもん！」

やれやれ、と糸さんがため息をついた。

三つ目小僧の気が変わっても面倒なので、私は部屋に撮影機材を取りに戻った。

そうして簡単に準備を済ませた後、辛味噌《からみそ》づくりの撮影が急遽スタートしたのだった。

三角巾を頭に巻き、割烹着《かっぽうぎ》を着た三つ目小僧が仏頂面で振り返る。

どうやら自分のいで立ちが気に入らないようだ。

「言われた通りに割烹着《かっぽうぎ》を着てみたけどさ、この格好だとおれのイケてる感が半減しないか？」

半減どころか、三割増しでよく見える。なんともいえないかわいさだった。

小学校の低学年の子が、給食当番で一生懸命、配膳《はいぜん》をしているような愛《あい》らしさを感じる。

「映えてますよ」

私はカメラを覗《のぞ》き込《こ》みながら、三つ目小僧を褒《ほ》めた。

「ぜったいにうそだ」

三つ目小僧はぶすっとした顔で、面白くなさそうな声を出す。

彼はぐつぐつ煮えた鍋を菜箸《さいばし》でかき混ぜる。

今はちょうど、山菜《さんさい》を茹でているところだった。

身長の問題で仕方なく台に乗っているのだけど、その点も不満なのだろう。

頬をぷうっと膨らませたままだ。

ちなみに三角巾と割烹着《かっぽうぎ》は糸さんのお手製で、撮影を開始する直前にささっと縫ってくれた。ほとんど一瞬というくらいの速さで、とても人間業《にんげんわざ》とは思えなかった。

(そういえば人間じゃなくて、あやかしだったなぁ……)

ふふ、と笑いながらカメラを回す。

茹《ゆ》で上《あ》がった山菜《さんさい》を糸さんが、ざばっとザルに上げる。

次は、粗熱をとってカットしていく工程だ。

三つ目小僧は「料理なんかやったことない」「包丁なんか持って怪我したらどうするんだよ」とブツクサ文句を口にする。

そんな彼を見ていると、ちょっとしたいたずら心が沸《わ》き上《あ》がった。

「そんな風に文句を言っていたら、人気者にはなれないかもしれないですねぇ」

私が放った一言に、三つ目小僧がハッとする。

「は、初めから撮りなおす……?」

こちらに振り向きながら、三つ目小僧が泣きそうな顔になる。童子《わらべ》のうるうる目は破壊力がすさまじい。

「どうしましょうかね」

「もう文句とか言わないから……!」

縋《すが》るような視線に、胸が痛む。

私は大げさにふうっとため息をつきながら、「仕方ないですね」と芝居がかった態度を三つ目小僧に見せた。

「編集でなんとかします」

恩着せがましく言うと、三つ目小僧の表情が明るくなる。

「ありがとう小夏……！　おれ、真面目に辛味噌《からみそ》をつくるから、撮影止《や》めないで？」

「分かりました。いい感じのＢＧＭもつけておきますね」

「うん！」

満面《まんめん》の笑《え》みになった。単純なあやかしだなぁと微笑ましい気持ちになる。

料理をしたことがないというのは本当のようで、包丁を握る手つきはかなり怪しい。

それでも、おそるおそる山菜《さんさい》をカットしていく。

隣に立つ糸さんは慣れた様子で作業している。

ときどき三つ目小僧のフォローにも回って、それがさりげない感じなのだ。これはポイントが高い。彼のスマートな振る舞いを逃《のが》さぬようにカメラで追う。

料理をしている糸さんの姿は美しい。姿勢がよくて、動きというか所作がきれいだ。山菜《さんさい》を切っているだけなのに絵になる。意外と力持ちだから、大鍋でもささっと扱える。

もちろん、さっきのザルに上げるシーンは映像におさめている。その際の腕は、なかなかにセクシーだったと思う。

これで視聴回数が増える。ありがとう糸さんの腕……！　とセクシーな筋肉に感謝の念を送る。

それはそうと、三つ目小僧の絵になるところも撮っておかないとな、と思いながらカメラをズームさせた。美しいとか、かっこいいとかいうシーンは残念ながら撮れないかもしれない。でも、「かわいい」ならいける。

ぷにぷにした頬っぺたとか、うるうるした瞳とか、まん丸いおでことか。まず見た目がかわいい。

そしてそのかわいい幼子が、一生懸命に料理をしているのだ。これで心を惹《ひ》きつけられない視聴者はいないはず。

ワガママが鳴りを潜めた今、もう三つ目小僧にはかわいいしか残っていない。

ちょっと不安そうに包丁を握る様子とか、そもそも台の上に立っている事実とか、頭に巻いた三角巾の後ろがちょっとだけぺろんとめくれているところとか。

割烹着《かっぽうぎ》との組み合わせもいい。胸がぎゅぎゅっとなる。おそるべし給食当番っ子。

「かわいいなぁ……」

思わず心の声が漏れた。

私のつぶやきに、糸さんがもじもじした態度を見せる。

「かわいいって、僕のこと……？」

いや、三つ目小僧に決まってるんですが。

ドン引きしながら、すかさず「違います」と訂正する。

「僕じゃないの？　だったら誰……？　ま、まさか、三つ目小僧のことじゃないよね⁉」

菜箸《さいばし》を握りしめながら、糸さんが悲愴《ひそう》な顔になる。まさかとは思うけど、自分はかわいいと思っていたのだろうか。

「そうですよ。三角巾と割烹着《かっぽうぎ》のおかげもあると思うんですけど。すっごくかわいく見えるんです。糸さんもそう思いませんか？」

「そりゃ、三角巾と割烹着姿《かっぽうぎすがた》がかわいい説は認めるけど！　なんか胸が苦しくなるくらい小夏ちゃんがかわいく見えるし！」

糸さんが力説している。実は、私も割烹着《かっぽうぎ》を身に纏《まと》っている。着用する必要はなかったのだけど、なぜか押し切られて着ることになってしまった。

「おれはかわいいとかどうでもいいんだけど。それより、ちゃんとイケてるように撮れよな？　おれのかっこよさを引き出せよ？」

キッと上目遣《うわめづか》いで三つ目小僧に見られて、それがまたかわいいのでキュンとなる。

極めてゼロに近いかっこいい要素を引き出すなんて、至難の業《わざ》だ。

それでも、今、彼の機嫌《きげん》が悪くなるのは避けたい。

とりあえず「善処します」と返答して、なんとかお茶を濁《にご》したのだった。

撮影した映像は、紬屋のチャンネルとあやかしTV用に編集することにした。

紬屋のほうは、糸さんが手際よく作業をしている動画にする。

山菜《さんさい》の下処理から始めて、辛味噌《からみそ》になり、小瓶に詰めていくところまで。

かわいい風呂敷《ふろしき》を手縫《てぬ》いしている様子や、小瓶をくるむ最後の工程までしっかりと映している。もちろん動画の概要欄には、購入用フォームをリンクさせて辛味噌《からみそ》の購入ができるようにする。

いっぽうのあやかしTVは、三つ目小僧をメインに据えた。

辛味噌《からみそ》づくりに奮闘しているかわいいあやかしが、画面いっぱいに映っている。

不安そうに菜箸《さいばし》を握っているところ、辛味噌《からみそ》が完成して喜んでいるシーン、味見したものの辛《から》さに悶《もだ》える様子。

「やっぱり、かわいい……」

自分の部屋で編集をしながら、何度もつぶやきが漏れた。

そう思ったのは私だけではなかったようで、動画を公開してすぐにコメント欄は『かわいい』で埋め尽くされた。

『モーニングルーティーンのときは気づかなかったけど、ほっぺがぷにぷに〜！』

『割烹着姿《かっぽうぎすがた》だといい感じ』

『一生懸命料理しててえらいね！』

などなど。再生回数も順調に伸びて、私もほっと胸を撫で下ろした。

当の本人は、イマイチ納得がいかないらしい。

動画を公開した翌日。三つ目小僧が私の部屋にやってきて、腹ばいの状態になりコメント欄を凝視している。

「ほっぺのことは言うなよ！　おれはこの膨らんだ頬を気にしてるんだからな！」

視聴者からのコメントに「いいね」を押しつつ、三つ目小僧が猛烈に反論している。

ぷっくり頬に悩んでいるとは知らなかった。チャームポイントだと感じるのは他人だからで、本人はわりと真剣に悩んでいる場合もあるのかも。

「おい『割烹着姿《かっぽうぎすがた》だと』ってどういうことだよ！　おれはどんな姿でもイケてるだろ！」

どうやら彼には割烹着《かっぽうぎ》マジックが理解できないらしい。

「何が『一生懸命料理しててえらいね！』だよ。おれはいい年したあやかしだぞ！　まったく、子ども扱いして……」

コメントの一つ一つに反論している。

それでも、反応がないよりは嬉しいみたいだ。ちょっと得意げな顔になっている。

「小夏、人気者ってつらいよな」

「……はい？」

人気者とは一体、誰のことだろう。

「みんなにさ、おれの本当の魅力が伝わらなくて悲しいよ。周囲が勝手におれのイメージを作り上げちゃってさ……まぁ、いつかはおれのかっこよさに気づいてくれるとは思うんだけど」

大げさにため息をつきながら、三つ目小僧はコメントに「いいね」を連打している。

どうやら人気者とは三つ目小僧のことだったようだ。

すっかり悦《えつ》に入《い》っている三つ目小僧のことは放置して、私は購入用フォームを確認した。

宿泊状況が確認できるカレンダーの下に『辛味噌《からみそ》の購入はこちらから』という案内を出している。ここから購入用フォームに入る仕組みなのだ。おそるおそる管理画面を見る。

あれから、購入者は増えているだろうか……？

紬屋のほうの辛味噌《からみそ》づくりの動画もかなりの再生回数を稼いでいるし、ある程度は覚悟して確認する。

「あっ……！」

自然と声が漏れた。そこには、新たな購入者の名前がずらりと並んでいた。

それも、またしても予想を上回る数。やった……！

嬉しい。これは当分、三つ目小僧には辛味噌《からみそ》づくりを手伝ってもらわなくてはなるまい。

喜びを噛みしめつつ、今後の算段をしていると、糸さんがやってきた。

「あれ？　どうしたの二人とも。お揃いの顔して」

私と三つ目小僧を交互に見ながら、糸さんがおかしそうに笑う。

「お揃い……？」

意味が分からず、三つ目小僧のほうに視線をやった。相変わらず彼は「かわいい」コメントに噛みついているけれど、その表情は得意げだった。

なるほど、と納得する。自分もあんな風に、してやったりな顔になっていたのだろう。

「辛味噌《からみそ》の売れ行きがよくて。嬉しさが顔に出ていたんだと思います」

ついでに、三つ目小僧は単純に反響の多さに喜んでいるのだと教えておく。

「それは嬉しいね。どれどれ……」

糸さんがパソコンを覗《のぞ》き込《こ》んでくる。画面を見ながら、おぉ……！　と目を輝かせた。

「やっぱり動画の力ってすごいね」

「糸さんにもコメントが来てますよ」

「僕に？」

紬屋のチャンネルに移動して、コメント欄を見せる。

スマートに調理する糸さんには『かっこいい』という旨のコメントが多数寄せられていた。

『料理男子すてきですね』

『素直にかっこいいです』

『お泊まりしにいきます……！』

『かっこよ』

『腕まくり最強』

三つ目小僧が求めてやまないコメントの数々が並んでいる。

糸さんはさっそくコメントに「いいね」を押し始めた。

「なんか、恥ずかしいね」

そうは言いつつ、せっせとコメントに目を通している。その顔は得意げそのものだった。

全員が同じ顔をしているなと、糸さんと三つ目小僧の表情をちらりと確認しながら思った。

コトコト優しい山菜《さんさい》おかゆ

辛味噌《からみそ》の通販は、無事に成功した。大成功といってもいいくらいだと思う。

辛味噌《からみそ》の販売から一週間後。

購入用フォームで売上を確認していると、私の口角が無意識にきゅっと上がった。

「何か、他にも商品化できるものってないのかな……」

自分の部屋で、ごろんと寝ころびながら天井を見る。

どうやら私には、かなりの商売っ気があるらしい。糸さんとは正反対だけど、そのほうが相棒としてはいい気がする。

次々と商品化して、どしどし注文が来て……と頭の中で夢は膨らむ。けれど、具体的な商品案が浮かばない。普段まったく料理をしないせいだ。

「仕方ない。ここは、糸さんに意見をもらおう」

私は立ち上がり、と台所へと向かう。

糸さんは、いつもの作務衣《さむえ》姿《すがた》で丸椅子に腰かけていた。何やら作業をしているらしい。

「何をしてるんですか？」

声を掛けると、糸さんが振り返った。

「梅仕事だよ」

「うめ……？　なんですか？」

「梅が収穫できる季節に、梅干しとか梅酒とか、あとは砂糖漬けとか。そういうのを拵《こしら》えるんだよ」

それを梅仕事というらしい。そういえば、ほんのりと梅の香りがする。

糸さんは、青々とした梅のヘタを一つずつ、ていねいに除去しているところだった。

「私も手伝っていいですか？」

「もちろんだよ。ありがとう」

大ぶりな梅を一つ手に取り、竹串でそっとヘタを取る。意外にポロッとヘタは取れた。梅を傷《きず》つけないようにするのがポイントらしい。

「すっごく爽やかな香りですね」

「青梅だからね。フレッシュで爽やかな香りでしょう」

手を止《と》めることなく、のんびりと糸さんが言う。

「他にもあるんですか？」

「完熟梅っていうのがあってね。黄色というか、オレンジがかった柔らかい梅なんだけど。そっちは甘い香りがするんだ」

手間暇を惜しまずこうして作業をしていると、一年を通して自家製の梅干しや梅酒を楽しめるという。

「一年に一度の梅仕事、ですか」

ちなみに、今から拵《こしら》えるのは『砂糖漬け』というものらしい。

「甘くて美味《おい》しいよ」

「そのまま食べるんですか？」

興味深々で聞くと、糸さんはおっとりと笑った。

「そうだね。あと、漬け汁を水とか炭酸で割るとドリンクになるよ」

一度で二度美味《おい》しいなんて、めちゃくちゃ優れた保存食だ。

砂糖漬けを作るには、まずは青梅の下処理から始めるとのこと。

ていねいに洗った後、たっぷりの水につけてアク抜きをする。今ヘタを取っている青梅は、アク抜きの工程は終えているという。

続いて、青梅に塩をまぶす。

水気が出るまでしばらく置いたら、きれいに洗い流す。そして、しっかりと拭き取る。

丸くてころんとした青梅はかわいい。みずみずしい青梅の香りにうっとりする。

次は、包丁で切れ目を入れる。一周ぐるりと刃《は》を入れたら、梅を半分に割る。中から種を取り出し、熱湯消毒した瓶に梅と砂糖を交互に入れていく。

梅と砂糖の割合は同じくらい。梅が一キロなら、砂糖も一キロ必要らしい。瓶の上の部分までできたら、必ず砂糖で終わるようにする。

梅がむき出しにならないように、砂糖でしっかりと蓋《ふた》をするのだ。

このまま常温で保存して、ときどき混ぜたり振ったりして様子を見る。

砂糖が溶けたら食べ頃らしい。

「どれくらいで食べられるんですか？」

「一週間くらいかな」

「待てなくはないけど、絶妙に長いですね」

早く食べたい。

じいっと瓶を睨《にら》むような目をする私の気持ちに気づいたのか、糸さんが戸棚の扉を開けた。

「すぐ食べられるよ。ちょうど一週間前に漬けたのがあるから」

戸棚から瓶を取り出しながら、糸さんが目を細める。

「一週間前の糸さん最高ですね」

「今もでしょ？」

硝子《がらす》製《せい》の器《うつわ》に砂糖漬けを盛りながら、糸さんがいたずらっぽく笑う。

「そうですね。その、今も最高な糸さんは、ジュースも出してくれるんですよね？」

まるで脅《おど》すような口ぶりの私に、軽く吹き出しながら、糸さんは漬け汁を水で割ったドリンクを作ってくれた。

「いただきます」

まずは、砂糖漬けのほうからいただく。

みずみずしい青梅が、くったりとなっている。

けれど、果肉の触感が完全に失われた訳ではない。柔らかな歯ざわりと、口いっぱいに広がる甘さ。後には、爽やかな青梅の香りが残る。

「甘くてすごく美味《おい》しいです」

「よかった」

糸さんは、味を確認するみたいに砂糖漬けを口に含む。

「すっごく甘いのに、重くないのは青梅だからですか？」

「そうだね。お客さんにもね、食後のデザートとしてときどき出してるんだよ」

それは、すごく喜ばれるだろう。

続いてグラスを手に取り、ドリンクをゴクリと飲む。美味《おい》しい。

気づくと、勢いよくごくごくと一気に飲み干していた。

糸さんがにこにこしながら、二杯目を拵《こしら》えてくれる。

「ご褒美ドリンクですね、これ」

甘さと爽やかさが絶妙だ。仕事終わりに飲みたい感じ。

私の場合、お酒が苦手なので特にそう思う。

「美味《おい》しく飲んでもらえたのならよかったよ」

糸さんが満足そうに微笑む。

「こっちは、お客さんにお出ししてないんですか？」

「うん、そうだね」

もったいない。こんなに美味《おい》しいのに。

ドリンクも味わってもらいたいなと考えていたら、ふいにアイデアが浮かんだ。

「たとえばなんですけど、紬屋に到着した際にこのドリンクを提供するのはどうでしょう……？」

いわゆるウェルカムドリンクというやつだ。旅の疲れを癒す意味でも、よいのではないか。

「すごくいいおもてなしだね」

糸さんにも賛成しもらい、ウェルカムドリンクの提供が決定する。

もちろん、拵《こしら》える過程は動画にする。

「シロップでもいいなら、他にもいろいろあるよ」

レモンシロップとジンジャーシロップもときどき作っているらしい。

こちらも水や炭酸で割って飲むのだという。

「今は夏だから氷いっぱいにすると美味《おい》しいけど、冬はお湯を注いでホットドリンクにするとぽかぽかして温まるよ」

これはもう、レモンシロップとジンジャーシロップもウェルカムドリンクに仲間入りさせるしかない。

材料を集めて準備してから、三つ目小僧を呼び出す。もちろん今回も彼は三角巾に割烹着《かっぽうぎ》のスタイルだ。

「おれの力がいるって？　ふう、人気者はつらいよ」

大げさにため息をついて、三つ目小僧が悦《えつ》に浸《ひた》っている。

私は彼の機嫌《きげん》を損ねないよう、少しオーバーに「そうなんですよ！」と頷いて同調する。

「超人気あやかしの三つ目小僧さんに出演してもらわないと、そりゃもう話になりませんから！　ということで、さっそく始めますね。よろしくお願いします！」

三つ目小僧をヨイショしながら、撮影をスタートする。

まずは、生姜の皮を剥《む》くところから。

包丁の柄《え》に近い部分を使って、糸さんはすいすいと作業を進めていく。

いっぽうの三つ目小僧は、かなりの苦戦を強《し》いられている。生姜はでこぼこ部分が多いので、料理初心者である彼には難しいのだろう。

皮と一緒に大半の部分を削り取ってしまったらしい。かなりみすぼらしい、小さく痩《や》せ細《ほそ》った生姜になった。彼自身もぼろぼろというか、ぜえぜえと肩で息をしている。

三つ目小僧にとっては、皮剥《かわむ》きも重労働だったに違いない。

もちろん、糸さんの手にかかった生姜は、きれいで大ぶりのままだ。

その生姜を薄切りにして、鍋に生姜と水を入れる。それから砂糖を加えて、はちみつを垂《た》らして強火にかける。沸騰《ふっとう》してきたら火を弱める。

しばらく煮ると、生姜の香りが漂ってきた。

「いい香りですね」

思わず口にすると、糸さんがこちらを振り向き、にこりと微笑む。

「あ、ずるいぞ！　おれもカメラ目線でキメ顔する！」

何かを勘違いしたらしい三つ目小僧が、台の上からカメラに向かって百面相《ひゃくめんそう》をしている。

どうやらキメ顔らしいのだけど、私からすると「かわいい顔百連発」でしかない。そもそも糸さんはカメラに向かってキメ顔なんてしていないし。

そうこうしているうちに、糸さんが鍋を火から下ろす。

レモン汁を加えて馴染《なじ》ませたら出来上がり。ジンジャーシロップの完成だ。

あとは、粗熱が取れた頃に瓶に入れるだけ。

「ホットミルクに入れても美味《おい》しいですよ」

糸さんからのワンポイントアドバイスを言ってもらって、一本目の撮影は終了。

続いて、レモンシロップを作る動画の撮影を開始する。

レモンにも皮を剥《む》く工程があったのだけど、三つ目小僧にとっては、生姜に比べるとやりやすかったらしい。三つ目小僧が得意げな顔でこちらを振り向く。もちろんカメラ目線。

しかし、よく見ると手元は若干震えているので、なんとも格好がつかない。

まぁ、かわいいからいいんだけど。

皮を剥《む》いた後は、レモンを輪切りにして瓶に詰めていく。

一番下に敷き詰めるように並べ、砂糖をドサッとまぶす。はちみつも少し垂らす。そしてレモンを並べる。また砂糖とレモン。これを繰り返す。

レモンシロップの作り方は、梅の砂糖漬けのときとほとんど同じだった。

瓶に入れる作業は三つ目小僧でも簡単にできるので、ひたすら糸さんは見守る係になっていた。映像だけ見ると、優しいパパのようだ。

「ちょっと三つ目小僧、ダメだよ。そんな荒っぽくレモンを入れないで。もう少していねいに扱ってよ。あ、待って。レモンが重なり過ぎてる。きれいに並べて。それに、砂糖の量も少ないよ」

重箱の隅をつつく勢いで、糸さんが三つ目小僧にアドバイスを送る。

「うるさいよ！　少しは黙ってろよ。あんまり口うるさいと、にんげんの世界では『嫌味な姑《しゅうとめ》みたい』って言われて嫌われるらしいぞ」

どこで仕入れてきた情報だ、というようなセリフを三つ目小僧が吐く。

優しいパパ感溢れる糸さんは音声ありの場合、お節介な姑気質だということが分かってしまう。この事実は伏せておいたほうがいいと思うので、雰囲気のいいBGMでごまかそうと決意する。

編集はあっという間に終わり、その夜には動画を公開することができた。ウェルカムドリンクを提供する旨のお知らせも、併《あわ》せてSNSで報告する。

「いいねの数、いい感じだぞ」

私の部屋なのに、まるで自分の部屋のようにくつろぐ三つ目小僧がご機嫌《きげん》な顔を見せる。

同じく、ご機嫌《きげん》な糸さんが私の向かいでスマートフォンを眺めている。

そろそろ布団を敷きたいのになぁと思いながら、私は来訪者二人を交互に見た。

ずっと夜型の生活だったのが嘘みたいだ。紬屋に滞在して一か月以上が過ぎた現在、すっかり規則正しい生活を送っている。

◆　◆　◆

翌日は、ちょっとした模様替えを行うことにした。

ウェルカムドリンクを飲んでいただくスペースを設けることにしたのだ。

場所は受付のあたり。純和風なスツールと、それに合うテーブル。

せっせと作業をしていると、玄関の外から「小夏～！」と呼ばれた。

「ちょっとぉ、これすっごく重いんだけど～！」

独特の甘ったるい声だ。扉をガラッと開けると、両手に紙袋を持った雪女が立っていた。

「まったく、人使いが荒いねぇ」

その隣には、同じく両手に紙袋を持った枕返しがいる。

「お待ちしていました」

私は二人に向かって頭を下げた。

実は、揃って休みが取れそうだと雪女から連絡をもらっていたのだ。

『今回は連泊って訳にはいかないんだけどね。一泊だけなら枕返しと一緒にいけそうだし。ほら、やっぱり三つ目小僧の割烹着姿《かっぽうぎすがた》は直接この目で見ておかないと。お手伝いしてるとか、レア過ぎるよ！』

予約を取った後、雪女が送ってくれたメッセージだ。

彼女は、公開した動画を逐一《ちくいち》チェックして、相変わらずSNSでの拡散にも力を発揮するので、なんとも心強い存在だった。

「マジ重たい～！　疲れたぁ」

そう言って、雪女がドサッと紙袋を受付台に置く。

「ありがとうございます……でも、雪女さんは怪力《かいりき》なんですよね。これくらい、軽々といけるんじゃないですか？」

お礼を言いながらも、疑問を口にする。

「ひっどぉ～い！　冷たいものとか、寒いところじゃないと力は発揮できないんだよ？　もう、あやかし界の常識じゃん」

雪女が、ぷりぷりとくちびるを尖《とが》らせる。

申し訳ないけれど、その常識は知らなかった。少しだけあやかし界隈《かいわい》に関わっているものの、まだまだ彼女たちの常識を網羅《もうら》するには及ばない。

お詫《わ》びも兼ねて、私はレモンシロップからドリンクを作って二人に渡した。

「小夏ってば気が利くじゃん！」

ひと口だけ飲んで、雪女の顔がパッと明るくなる。

「わわっ！　美味《おい》しいー！　あ、これってもしかして、昨日公開されてた動画のやつ？」

「そうです」

頷きながら、レモンに含まれるビタミンCには疲労回復の効果があることを伝える。

さきほど「疲れたぁ」と言っていた雪女にはぴったりだろう。

「ウェルカムドリンクとかいうやつだね」

ちびちびと味わいながら、枕返しが言う。その存在を知っていたようだ。

「もしかして、枕返しさんの職場にもあったりするんですか？」

「うちはラブホテルだよ」

そう言って首を横に振る。どうやら、取り扱いはないみたいだ。

「まぁ、精力剤入りのドリンクとかならいいかもしれないねぇ。今度、店長に進言しておくよ」

うひひ、と枕返しが楽しそうに笑う。

げんなりしているところで、雪女に「おかわり！」と急《せ》かされた。

一旦、台所へ戻ってドリンクを作る。今度はジンジャーシロップで拵《こしら》えた。

お盆に載せて彼女たちのもとに戻ると、設置したばかりのスツールに座って談笑していた。

「お待たせしました」

「ありがと！　ところでさ、小夏の言う通りに買ってきたけど、あんなにたくさん、どうする訳？」

受付台に置かれた紙袋を雪女が指さす。

私は、ガサガサと紙袋から中のものを取り出した。

雪女と枕返しに、購入してもらうようお願いしていたもの。

それは……

「今、お二人が座っておられるところに置くんです」

「……本を？」

雪女が目をぱちくりさせる。

「はい」

そう、本。マンガ、小説、絵本などなど。

　ウェルカムドリンクを飲みながら、ページをめくってもらえたらいいなと思っている。

「小さな読書コーナーにしたいと思いまして」

「……妖怪《ようかい》モノばっかりだねぇ」

　枕返しが、ぼそりとつぶやきながらページをめくる。

　彼女の言う通り。二人に買ってきてほしいと依頼したリストには共通点があって、すべてあやかしに関係するものだった。

「以前、三つ目小僧さんが巻物《まきもの》とか伝承《でんしょう》に悪意があるって言ってたじゃないですか。確かにそうだなと思って。でも、そもそも疑問に思ったり違和感を覚えたりすることもなくて……」

「本当、ひどい話だよねぇ～」

　雪女が、ぷうっと頬を膨らませる。

　そんな彼女に、私は一冊の本をびしっと突き付ける。

「こ、小夏……？　何……？」

「タイトルを読んでみてください」

　困惑しながらも、雪女はタイトルを読み上げる。

「えっとぉ『麗《うるわ》しの氷《こおり》は溺愛《できあい》の熱《ねつ》に溶《と》かされる』……？　これが、どうかしたの？」

「雪女が軍人である夫に溺愛《できあい》されて、ラブラブハッピーになるお話です」

最近、巷《ちまた》でかなり流行《はや》っている小説だ。

大正時代の東京が舞台のようで、私はあまり詳しくないのだけど。

「え、雪女が軍人と結婚してるの？」

「そうです」

「で、溺愛《できあい》される……？　最後は軍人を雪山で殺しちゃわないの？」

「二人はラブラブなので、そういうことはありません。基本的に、エンタメはハッピーエンドになることが多いですね」

私の言葉をイマイチ信じられない様子の雪女は、じいっと表紙を凝視している。

「も、もしかして、この表紙に描かれてる、すっっっごくきれいな女の子って、雪女……？」

「もちろんです。タイトルの『麗《うるわ》しの氷《こおり》』というのは、ヒロインである雪女のことなので」

「うそ……！　なんか信じられない。だってさ、巻物《まきもの》みたいに怖くないし。ぜんぜん暗くないんだけど！」

「そういう表紙だと売れないんじゃないですか？」

なるべく手に取ってもらえるような表紙になっている。表紙は大切だ。私だって動画のサムネイル、いわゆる表紙にはかなり神経を使っている。

「こっちは天狗《てんぐ》が出てくる話みたいだね」

マンガをぺらぺらとめくりながら、枕返しが言う。

彼女が手にしているのは、大人気連載マンガ『お願《ねが》い、てんぐ殿《どの》！』だった。主人公は天狗の末裔《まつえい》である高校生男子。勧善懲悪《かんぜんちょうあく》の痛快学園ラブコメだ。

ちなみに主人公は、熱血で漢気《おとこぎ》があるスタイルのいいイケメンとして描《えが》かれている。

「え、待って。勧善懲悪《かんぜんちょうあく》って、天狗が悪のほうだよね？」

雪女が、枕返しのほうに身を乗り出すようにして確認している。

「善のほうらしいね。ほら、天狗が悪をとっちめる展開だよ。うひひ」

枕返しも面白そうに読み進めている。ページをめくる手が止《と》まらない様子だ。

「……なんか、巻物《まきもの》とはぜんぜん違うね」

呆然《ぼうぜん》としたように、改めて雪女が言う。

「確かに巻物《まきもの》は怖い印象ですけど。それだけじゃないってことを知ってもらいたかったので」

「小夏～！　さいこうだよぉ」

がばっと雪女に抱き着かれた。よほど嬉しかったらしい。ぎゅうぎゅうと抱き着かれて、なんだか気恥ずかしくなってくる。

雪女はひとしきり私を抱き締めた後、読書タイムに戻った。枕返しも集中して読んでいる。

しばらくは読書コーナーを離れる気配がなさそうだ。

声を掛け、私は二人の荷物を部屋に運ぶことにした。物語に没頭しているせいで、揃って生返事だったけれども。

荷物を脇《わき》に置いて障子《しょうじ》を開けると、部屋は気持ちいいくらいに整っていた。毎日、せっせと糸さんは掃除をしている。それでも、お客さんが到着する前には改めて念入りにきれいにしている。気持ちよく過ごしてもらいたいからだ。

私は荷物を部屋の中へ入れてから、ゆっくりと障子《しょうじ》を閉めた。

台所へ向かうと、糸さんは夕食の準備中だった。かたわらには、三つ目小僧の姿もある。

「今日の予約は雪女と枕返しだけなんだろ？　手伝いなんていらないじゃん」

三角巾に割烹着《かっぽうぎ》というもの出《い》で立《た》ちで、三つ目小僧はお手伝いを頑張っている。

小言を欠かさないところが、彼らしい。

「宿賃《やどちん》のためですよ」

私はわざとらしい笑顔、三つ目小僧に言わせれば腹黒な顔で励《はげ》ましてみる。

「そうそう。しっかり働かないと、出て行ってもらうからね」

糸さんが器《うつわ》に料理を盛りながら、三つ目小僧に視線をやる。

「やだよ！」

「無賃宿泊は困るんだけどなぁ」

糸さんが大げさにため息をつく。

「おれは困らない。ずーっと居座ってやるからな」

ふんっと鼻をならしながら、三つ目小僧がそっぽを向く。

「あ、そうだ。身元引受人の雪女にでも相談してみようかな？」

思いついたように糸さんが言う。

「や、止《や》めろよな！　そんなことしたら雪女にシメられるだろっ！」

「悪い子は叱ってもらわないとね」

「わ、分かったよ！　手伝えばいいんだろ」

三つ目小僧が糸さんに向かって、べーっと舌を出す。

二人のやり取りを微笑ましい気持ちで眺めていると、背後から雪女の声がした。

「あ、似合ってる～！　ちゃんと本当にお手伝いしてる～！」

台に乗って鍋をかき混ぜる三つ目小僧を指さしながら、雪女が大笑いする。

爆笑された本人は、顔を真っ赤にしながらぷりぷりと怒った。

「わ、笑うなよ！　おれだって不本意なんだぞ」

「何が不本意なのよ？」

雪女はそう言って、三角巾がぺろんとめくれた後頭部のあたりを直してやっている。

「初めは辛味噌《からみそ》を作る手伝いをするだけのはずだったんだぞ⁉　腹黒コンビのせいで、気づいたらこのザマだよ！　客が来る度に、手伝わされちゃってさ。まぁ、おれは有能だからな？　仕方ないのかもしれないけど。はぁ、まったく。仕事ができる奴って認定されると大変だよな。次々とやることを増やされてさ」

大げさにため息をつきながら、三つ目小僧が自分の有能さをアピールする。

未《いま》だ包丁をうまく扱えず、四苦八苦している現実は、どうやら都合よくスルーしているみたいだ。

その三つ目小僧の頬をぷにぷにと雪女が突く。

「そんなんじゃダメだよぉ！　職場では謙虚な態度でいなくちゃ」

怪力《かいりき》で有能な倉庫作業員である雪女が、三つ目小僧にダメ出しをする。

さすがは、人間社会で働くイマドキあやかし。言葉に説得力がある。

「雪女の言う通りだよ。もっと謙虚に、そしてばりばり働いてもらわないと」

山菜《さんさい》をざくざくとカットしながら、糸さんも雪女の言葉に頷く。

「人使いが荒過ぎる！」

もともとぷっくりな頬をさらに膨らませて、三つ目小僧は抗議している。

今、あの頬を突いたら怒《おこ》るだろうな……

私はそんなことを考えながら、三つ目小僧のまんまるほっぺを眺めていた。

その日は、みんなで夕食を囲むことになった。

ワイワイと楽しみながら、雪女がスマートフォンをチラ見している。

ＳＮＳかなと思っていたら、彼女が見ている画面がこちらにも見えた。

見覚えのある表紙だった。

目を凝《こ》らすと「麗《うるわ》しの氷《こおり》は溺愛《できあい》の熱《ねつ》に溶《と》かされる」のタイトルが確認できた。

例の雪女と人間による激甘ラブストーリーだ。

「つい、自分用に買っちゃったよ～」

私の視線に気づいた雪女が、苦笑いする。どうやら電子書籍を購入したらしい。

「面白いですか？」

「最高に胸キュンだよ！」

人間のみならず、あやかしをも魅了するなんて。さすがは流行《はや》っているだけのことはある。

後日、紬屋に来た宿泊客たちからも似たような反応があった。

「雪女が溺愛《できあい》されてていい感じ」

「あやかしをこんなにかわいく描《か》けるなんて、にんげんって天才過ぎない？」

「ヒーローの軍人もかっこいいし最高だね」

ウェルカムドリンクを提供する際、あやかしたちの言葉が耳に入った。スツールに腰かけ、うきうきとページをめくっている。

「かっこいいといえば、こっちの天狗の話も面白いよ！」

「妖怪《ようかい》イコールおどろおどろしいだと思ってたのになぁ」

「まさかいい奴として登場するとは……」

夢中で読みふけっているお客さんもいて、なんだかこちらまで嬉しくなった。

もちろん、ドリンクも大好評だった。

◆◆◆

しかし大好評ゆえ、少し困ったことにもなっている。

「氷がなくなりそうなんだが……」

ある日の台所で、アイスピックで氷のかたまりを砕きながら、三つ目小僧が糸さんに報告する。

「あっという間だねぇ」

そう言って、糸さんが氷の残量を確認した。

今は夏場なので、ウェルカムドリンクでホットを注文するお客さんは皆無だ。決まって冷たいほうをオーダーする。

氷はたくさん入れたほうが美味《おい》しいので、作るときはいつも氷をグラスいっぱいにしているのだ。そういう訳で、紬屋の氷の消費量はかなりのものだった。

「なくなったら、どうなるんですか？」

心配になって糸さんに聞く。

「持ってくるよ」

私のほうを振り返って、糸さんがにこりと笑う。

「どこからですか？」

「山を一つ越えたあたりだね」

そんな場所に、氷の販売業者が店を構えているのだろうか。

ここへ来る前に周囲の山のことも調べたけど、集落はなかったはず。

もしかしたら、人間ではなく、あやかしが棲《す》んでいるのかもしれない。

「……氷をつくれるあやかしが、商《あきな》いをしているとかですか？」

「あきない？」

「いつも、糸さんが買いに行くんですか？」

「買わないよ？　置いてるだけだから」

うん？　置いている？　どういうことだろう。

そして、まったく話がかみ合っていないのは、たぶん気のせいではないと思う。

「もしかして、小夏は氷室《ひむろ》のこと知らないんじゃねーの？　現代のにんげんだし」

三つ目小僧が、私と糸さんのちぐはぐなやり取りを見かねて言った。

面倒くさそうにしながらも、糸さんに耳打ちしている。

そして、彼の指摘は正しい。残念ながら『ひむろ』というのがなんなのか、私には分からない。

糸さんは、なるほど、と納得した顔になった。それから、ていねいに説明をしてくれる。

「冬の間に氷をつくって、保存しておくんだよ。その貯蔵しておく場所を氷室《ひむろ》と呼ぶんだ。氷室《ひむろ》は、冷気が溜まりやすい山間部にあってね。夏になると、そこから氷を取り出すんだよ」

洞窟《どうくつ》のような場所なのかと思いきや、そうではないらしい。

斜面に穴を掘ったり窪地《くぼち》を利用したりするのだという。

地面の底に枝葉を敷き詰めて、その上に近くの沢《さわ》で採った氷を入れる。さらに上から茅《かや》などで覆《おお》ってしまえばいいとのことだった。

それだけで、本当に夏まで氷を保管しておけるのだろうか。

現代を生きる自分には、ちょっと信じがたい。

「春頃には、溶けてなくなってそうな気がするんですけど……」

「じゃあ、実際に見てみる？　氷を補充するために、明日にでも氷室《ひむろ》へ行こうと思うんだけど」

見てみたい。すごく興味がある。

「行きます！　連れて行ってください！」

私が立ち上がって懇願《こんがん》すると、糸さんはにっこりと笑った。

「決まりだね」

「山道って、険しいですか？」

一応山歩きには慣れているつもりだけど、糸さんの足は引っ張りたくない。

「大丈夫だよ。ゆっくり歩いても、朝に出発したら夕方には戻ってこられるはずだし。あ、そうだ。三つ目小僧には留守番を頼もう。いいよね？」

糸さんが話を振ると、三つ目小僧はだるそうな顔で「え〜！」とやる気のない声を出す。

「明日は予約が入ってないし、もし飛び込みのお客さんが来たら部屋に案内してくれるだけでいいんだけど」

「面倒くさいよ」

やる気皆無の三つ目小僧に、糸さんが意味ありげな笑みを浮かべる。

「留守番をしてもらえないんじゃ、仕方ないねぇ。あ、いっそのこと明日は臨時休業にしようかな」

「それいいじゃん！　そうしよ！」

糸さんの言葉に、三つ目が激しく同意する。さすが、のんびり派あやかし。

「だったらさ、三つ目小僧も一緒に氷室《ひむろ》へ行かない？　そうしたら、たくさん氷を持って帰れるし、助かるんだけどねぇ。すっっっごく、疲れると思うけど」

何かを企んでいる顔だった。私は彼の意図に気づき、その話に便乗する。

「それ、名案ですね！　みんなで楽しく山歩きしましょう。この季節だと、かなり汗だくになりますし、すっっっごく、体力を消耗するとは思いますけど。みんなで歩けば平気ですよ！」

根拠のないポジティブ思考を披露する。三つ目小僧はドン引きした表情になった。

「で、出た……腹黒コンビ……わ、分かったよ！　留守番してるよ！」

そう言って三つ目小僧は、最後の氷のかたまりを、ガッガッと砕いたのだった。

◆　◆　◆

翌朝は、まだ薄暗いうちに紬屋を出発した。
糸さんは、取り出した氷を運ぶための箱を背負っている。
私も手伝いたかったのだけど、箱は一つしかないと断られてしまった。
（せめて、足を引っ張らないように歩こう）
そう決意して、糸さんから後《おく》れをとらないように歩《ほ》を進める。
しばらくすると、私にペースを合わせて糸さんが歩いていることに気づいた。
なぜ分かるのかというと、以前、一緒に歩いた際に置いていかれた経験があるからだ。
「……夕方までに帰れますか？　もう少しなら、速くても大丈夫なんですけど」
隣を歩く糸さんを見上げる。
「ぜんぜん問題ないよ」
そういって私を見下ろしながら糸さんが笑う。
峠《とうげ》を越えたあたりで、朝陽がのぼった。
見晴らしのいい場所で、ぱぁっと明るい橙色の光を二人で眺める。

「きれいですね」

少し上がった息を整えながら、私は額の汗を拭《ぬぐ》う。

「そうだね。日の出なんて、もうなんの感情も湧《わ》かないくらい見たはずなのに、今すごく感動してる」

「そうなんですか？」

「自分でも驚いてる。小夏ちゃんと見てるからかなぁ……」

最後は自分自身に問いかけているみたいだった。

私は何も言えずに、きらきら光る橙色を見ていた。

そして山を歩き続けて数時間……本当に、氷は存在していた。

山を越えた地点。四方を山に囲まれた場所に、氷室《ひむろ》はあった。山道から少し離れたところに、小さな切り株が三つ並んでいる。これが目印なのだという。

山間の窪地《くぼち》だけあって、確かにここだけ妙に空気がひんやりしている。

蓋《ふた》代わりの茅《かや》を取り除くと、ぴかぴかの氷が見えた。

厳重《げんじゅう》に、幾重《いくえ》にも茅《かや》でくるまれた氷を見ていると、なんだか宝物みたいに思えてくる。

「昔は氷が貴重品だったからね」

氷を切り出しながら、糸さんが言う。

「あ、ほら。いつだったか、小夏ちゃんに水無月を食べてもらったことがあったでしょう」

「確か、小豆《あずき》が乗った、ういろうの……」

品のいい甘さだったことを覚えている。

「庶民にとっては、夏の氷は手の届かない代物《しろもの》だったから。それで、水無月を代わりに食べるようになったって話だよ」

水無月の三角形が、氷の欠片《かけら》を表しているらしい。

「氷の節句というのもあってね。氷室《ひむろ》から取り出した氷を口にすると、その夏の間は健康に過ごせるんだって」

紬屋に戻る道すがら、糸さんの声に耳を傾ける。

夏越の祓のときにも思ったけれど、めちゃくちゃ健康になりたいひとみたいだ。

「……糸さんって、もしかして健康マニアだったりします？」

ぼそりと私が言うと、糸さんは「そうだよ」と元気よく頷く。まさかの肯定だった。

「あやかしが『道』を歩くのも同じ理由だよ」

なんとなく、少し理解できた気がする。力を蓄えておく感じかもしれない。

人間だって疲弊《ひへい》すると、風邪を引きやすくなるし。

「もしかして、あやかしの世界では常識だったりします……？」

「そうだね」

また一つ、あやかし界隈《かいわい》の常識を知ることができた。

「いつかコンプリートしたいです」

糸さんに聞こえないくらいの声量で、私はこそりとつぶやいた。

◆　◆　◆

旅籠《はたご》に帰ってからは、夜ごはんを食べてからすぐに眠ってしまい、目を開けると、窓の外が白《しら》み始《はじ》めていた。

瞼《まぶた》がとても重い。昨日は、丸一日歩いていた。

体は疲れているけど、山を越えて氷室《ひむろ》を見に行ってよかったと思う。

糸さんが私のペースに合わせてくれたこと、朝陽を見たこと、氷室《ひむろ》での会話、帰り道……

思い出すと、なんとも心がじんわりと温かくなった。

幸せな気持ちで、布団の中でぼんやりとまどろんでいると、ふと年代物の衣桁《いこう》が視界に入る。

透かし彫りが施《ほどこ》された衣桁《いこう》には割烹着《かっぽうぎ》が吊されている。

糸さんがあつらえてくれた私の割烹着《かっぽうぎ》。薄ぼんやりとした部屋の中でその白さは際立つ。

大人用だと、三つ目小僧みたいに「給食の当番の子」感はない。

どちらかというと、骨身を惜しんで働くひとのイメージだ。

そう思うのはたぶん、祖母のせいなのだろう。祖母もよく割烹着《かっぽうぎ》を着ていた。

ふいに、台所に立つ祖母の小さな背中が脳裏に浮かぶ。

その瞬間、心臓が押しつぶされたみたいにズキンと痛んだ。

（おばあちゃん……）

私は起き上がって、バックパックからカメラケースを取り出した。祖母が作ってくれたカメラケース。赤いチェック柄《がら》のふかふか仕様。裏面には、私の名前が刺繍《ししゅう》されている。

その刺繍《ししゅう》部分をさらりと指でなぞりながら、私は子ども時代を振り返った。

物心ついた頃からケンカが絶えなかった両親が離婚したのは、私が八歳の頃だった。

なんとなく予感はあったから、そのことに対して、特に驚いたりはしなかった。

『俺は子どもの面倒なんて見れないからな』

『私だって嫌よ！』

『引き取らないつもりか？』

『これからは一人で心機一転、気ままに暮らしていきたいもの』

と悟った。

『私だけ非難するつもり？　冗談じゃないわ！　あなただって、あの子の親じゃない！』

子どもを押し付け合う両親の言い合いを聞きながら、惨《みじ》めさとはこういうことを言うのだと悟った。

結局、私は母親と一緒に暮らすことになった。母は私を引き取ることに最後まで納得していなかったと思う。時折、私自身に不満をぶつけることでその鬱憤《うっぷん》を晴らしていたからだ。

『あんたがいなかったら私はもっと楽なのに。ねぇ、知ってる？　毎日子どもの世話をするのって、ものすごく疲れるのよ』

そういう類《たぐい》のことを何度か面と向かって言われた。ひどく冷たい声だった。

私はその度にうつむいてじっと耐えた。母親の疲れ切った顔は見たくなかった。

本当は耳も塞いでしまいたかった。冴《さ》え冴《ざ》えとした声は、いとも簡単に私の心臓をえぐる。

母は度々、私の世話を放棄した。

大人から見れば、私は明らかに『家庭に問題がある子』だったのだろう。

間もなく、母親のネグレクトが児童相談所に通告された。

私の知らないところで大人たちの話し合いの場が持たれ、結果、私は遠方に暮らす、母方の祖母に引き取られることになった。

祖母とは一度も会ったことがなかった。

私という面倒事を引き受けることになり、嫌な気持ちになってはいないだろうかと、そのことが気がかりだった。

話し合いの末に、半ば無理矢理に押し付けられたのではないか。いつかの惨《みじめ》めな気持ちがよみがえった。

私は施設の待合室で祖母を待っていた。

季節は冬で、その日はこの地方には珍しく雪が降った。窓の外の雪をじっと見ていると、廊下のほうからパタパタと忙しなく近づいてくる足音が聞こえた。

扉が開いて部屋に入ってきたのは、小柄《こがら》でグレーヘアの女性だった。

こちらを見るなり駆け寄ってきて、ぎゅっと私の体を抱き締める。

抱き締めながら、祖母は何度も『ごめんね』と言った。

そのひとは白色のセーターを着ていて、私は肩口に顔をうずめる格好になった。

頬に触《ふ》れるさっくりと編《あ》まれたセーターは、なめらかで肌ざわりがいい。

こんなに柔らかなセーターがあることを私は今まで知らなかった。

ふいに、甘い匂いがした。石鹸《せっけん》に似た優しい匂い。

私は無意識にその香りを肺いっぱいに吸い込んだ。とてもいい香りだ。

（優しくて、清潔な匂いがする……）

ああ、もう大丈夫なんだ、と私は直感的にそう思った。

お腹を空《す》かせることも、途方に暮れることも、もうない。惨《みじ》めな気持ちになることもない。

そう思ったら、喉の奥が引《ひ》き攣《つ》れるみたいに痛くなった。

我慢していたものがどんどん溢れてきて、気づいたら私は大泣きしていた。

温かい手に背中を擦られる。何度も何度も。

私はずっとこうされたかったのだと、泣きながらそう思った。

優しくされると、それが余計に呼び水みたいになって次から次へと涙が溢れてくる。

一通り泣いたのに、なかなかしゃくりあげがおさまらない。

『おばあちゃん』と呼んでみたいのに、ひっくひっくと喉が鳴るので言葉にならない。

早くしずまれ、と思いながら、私はいつまでもいい匂いのする祖母の肩口に顔をうずめていた。

祖母に引き取られてからの私は『家庭に問題のある子』ではなくなった。

いつも清潔な服で学校へ登校していたし、三食温かい食事を口にすることもできた。

季節外《はず》れの転校生となった私は、クラスメイトから歓迎されることはなく、かといって疎《うと》まれることもなく、当たり前の存在として受け入れられた。

大手企業の工場が立ち並ぶエリアが同じ校区にあり、転校生はさほど珍しいものでもなかった。

それでも、私はいつまでもクラスで浮いたままだった。

うまく友達を作れない。他人の目が怖いのだ。

自分よりも後に転校してきた子がクラスに馴染《なじ》んでいく様子を見ながら、羨《うらや》ましいなと思った。

祖母と二人暮らし、という点では少し特殊な家庭環境だったのかもしれない。

でも、少なくとも私にとっては平和で幸せな日々だった。祖母は内職で洋裁の仕事をしていて、高校の教員だった祖父が病気で早くに亡くなった後も、ずっと内職だけで生計を立てていたという。

『おばあちゃんね、洋裁が得意だからお仕事いっぱいあるのよ』

そう言って、いつもミシンの前に座っていた。祖母が愛用していたのは、一見するとアンティークのような古い職業用の足踏みミシンだった。いつも家の中には力強いミシンの音が響いていた。

学校から帰ると、その音を聞きながらおやつを食べたり、宿題をしたりする。

おやつは毎日用意されていた。手作りの素朴《そぼく》なクッキーやドーナツが、まるで宝石のようにきらきらして見える。

祖母は、特に着物を洋服にリメイクするのが得意だった。

小紋《こもん》をブラウスにしたり、浴衣《ゆかた》をワンピースに仕立て直したり。仕事以外でもミシンを扱うのが好きなひとで、私にも洋服や小物をあつらえてくれた。

初めてワンピースを仕立ててもらったときの感動は、今でも鮮明に覚えている。

グリーンの花模様の小紋《こもん》が、かわいいレトロなワンピースに変身していた。

『私が着ていいの……?』

思わず祖母に確認すると、あっさりと肯定された。

『当たり前でしょう。小夏のお洋服だもの』

(これが、私のもの……?)

信じられない気分だった。自分が、こんなにきれいな服を着れるのか。このかわいいワンピースが自分のものなのか。

クローゼットにしまったワンピースを毎日眺めた。うそみたいに幸せで、夢みたいな日々だ。

ミシンの前に座るときに見せる祖母の真剣な表情が好きだった。料理をするときはもちろん、洋裁の仕事をするときも祖母は割烹着姿《かっぽうぎすがた》だったと記憶している。

家事も仕事もてきぱきとこなす祖母は、小柄《こがら》だけどすごくパワフルだった。ずっとこのまま祖母は元気なんだと思うくらいに。

祖母と二人で暮らす家は古い建売住宅だったけれど、祖母のおかげで手入れは行き届いていた。いつも家中ぴかぴかで、その清潔な家の匂いに私は安心できた。

けれど……

いつの頃からか、祖母の表情が曇《くも》りがちになった。すっきりと片づいていたはずの家の中が散らかっている。

祖母の仕事部屋からいつも聞こえていた力強いミシンの音も聞こえない。ダダダダッというあの足踏みミシンの音を最後に聞いたのはいつだったのだろう。家の中の空気が淀《よど》んでいくのが分かる。

祖母は、少しずつ自分のことが分からなくなってしまった。

私がそれに気づいたときにはもう、症状はかなり進行していて、祖母は施設に入所することになった。私が中学生になったばかりの頃だった。

毎日、祖母が入院する病室に通った。

ぼんやりすることの多かった祖母だけれど、体調がいい日は話が弾む。

その日も、学校から帰ると祖母のもとに向かった。面会に来た私を見ると、祖母が嬉しそうに話しかけてくる。
『昔ね、すごく幸せだったことを思い出したよ』
本当に、うっとりと幸せそうな顔で祖母が言う。
『そうなんだ。いつの頃?』
祖母の顔を見て私も嬉しくなる。
『引っ越しばかりだったけど、あの場所に住めて幸せだった』
何度も頷きながら『よかった』と繰り返す。新婚の頃だろうか。
引っ越しばかり、ということはもう少し後かもしれない。
祖父の赴任先が何度か変わった話は、聞いた記憶がある。
『おじいちゃんと暮らしてた頃だよね』
私が問いかけると、祖母がきょとん、とした顔になる。
それから、ゆっくりと首を振る。
『違うよ』
子どもみたいな顔で、祖母は私を見る。
『だったら、いつの頃の話?』
『お父さんだよ』

祖母はにこにこと笑っている。

若い頃ではなく、子どもの頃らしい。祖母が言う「お父さん」というのは、私にとっては曾祖父《そうそふ》にあたるひとだ。

『引っ越しばかりで友達ができないでいたけどね、あの場所には同じような子が多くいたから』

『同じような子？』

年齢が近いという意味だろうか、と考えながら祖母を見る。

『だからね、たくさん友達ができたよ』

よしこちゃん、ゆきえちゃん、みどりちゃん、と祖母は嬉しそうに指を折って友達の数を数えていく。

しばらくすると、明るかった表情が曇《くも》った。急《きゅう》に悲しそうな顔つきになる。

『あの場所、どこだったかしら……？』

途方に暮れるような、迷子の子どものような表情だ。

『分からなく、なっちゃった……』

そうつぶやいたきり、祖母は黙り込んでしまった。

項垂《うなだ》れる祖母の背中に手を回す。小柄《こがら》な祖母の背中には骨が浮いていた。

ゆっくりとさすっていると、ぽそりと『たくさん木があった』と言った。

その日はそれだけだった。

しばらくすると、たまに思い出したように場所の詳細を私に話してくれた。

『いつも電車が走っていた』

『ずっとずっと山の奥へ行ったところでね』

『大勢のひとがいたよ』

その土地を語るときの祖母はいつも嬉しそうだった。

たぶん、記憶が混濁《こんだく》しているのだろう。


山奥なのに、電車が常に走っている状況は想像できない。引っ越しを繰り返していたらしいから、かつて暮らしたいくつかの土地が混同してしまっているのだろう。

『よしこちゃんたちとね、木を見ていたのよ。とても大きな木』

幼い子のような口調で、祖母が話をしてくれる。体調のいい日は、いつもおしゃべりで、話題は決まって『あの場所』のことだった。

祖母は幼い頃は父親との二人暮らしで、小学生の高学年になると施設に預けられたらしい。

そして父親はどこか行方知れずになってしまったというのだ。

父親の仕事の関係で各地を転々としていたことは、近所に住んでいた祖母の友人から聞いた。

見つけてあげたい。そう強く思った。

私は住民票や戸籍の附票を取り寄せ、祖母の住所の履歴を辿ることにした。『あの場所』を突き止《と》めて、そうして、ここがおばあちゃんが暮らした幸せな思い出の場所だよと言ってあげたい。

休日になると、かつて祖母が暮らした土地へ赴いた。デジタルカメラで撮影をして施設にいる祖母に見せる。

『おばあちゃんが幸せだって言ってた場所は、ここかな？　映像のどこかに、見覚えのある風景が映ってたりしない？』

いつも祈るような気持ちで祖母に問う。

祖母はカメラの中の映像をじっと見て、首を横に振る。

『違うよ』

『……そっか』

祖母がかつて暮らした場所は、ほとんどが廃村《はいそん》になっていた。祖母の父親は各地の農山村《のうさんそん》を転々として、そこで日雇いの仕事をしていたらしい。

いくつも廃村《はいそん》を訪れたものの、なかなか成果は得られなかった。その間にも祖母の症状は進行していく。

私はわずかな希望にも縋《すが》りたくて、SNSや動画投稿サイトに投稿して情報を募ることにした。反応は予想以上にあった。

某大御所俳優《ぼうおおごしょはいゆう》が反応してくれたことでちょっとした話題にもなった。それでも、私が欲しい情報を見つけることはできなかった。

何かにとりつかれたように住所の履歴を辿り、土地に赴く。そして廃村《はいそん》を撮影する。

それでも『あの場所』は見つからない。

（どうして、見つからないんだろう）

もしかしたら、住所の届け出をしないまま、引っ越しをしたことがあったのかもしれない。

もしくは『あの場所』はすでに撮影していて、祖母の目に触《ふ》れたけれど、そうだと認識できなかった可能性がある。

かなりの年数が経過している。風景だって大きく変わってしまっているだろう。

そして何より、少しずつ確実に進行していく祖母の症状にはどうやっても抗《あらが》うことができない。

そして結局、祖母が幸せに暮らした場所は見つからなかった。

私が見つける前に祖母は肺炎を患《わずら》い、亡くなってしまった。

大切なひとを失った喪失感と、何もしてあげられなかった無力感でしばらく何も手につかなかった。

動画の投稿もSNSの更新も止《や》めた。もう撮影をする理由がない。

アカウントは削除してしまおう。

そう思って久しぶりにチャンネルを開くと、あるユーザーのコメントが目についた。

普段は寡黙な自分の父親が、昔住んでいた村の映像を目にした途端、饒舌《じょうぜつ》に過去を語り始めたというコメントだった。

『ここはかつて自分が幼い頃に暮らした村だ、これは自分の家に違いないと、興奮気味に語っていました。まるで堰《せき》を切ったように子どもの頃の話をするので、母も驚いていました。あんなに嬉しそうに話をする父を初めて見ました。大家族だったこと、友達と川遊びをしたこと、冬は雪に閉ざされて村が孤立してしまうこと。父の思い出をたくさん知ることができました。雪下ろしには難儀したそうです。難儀した、と言いながら、それをすごく嬉しそうに話すのです』

少年時代を語る父と、その話に耳を傾ける家族の情景が頭に浮かんでくる。

『集団移転でやむなく引っ越してから、父は一度も村には帰っていないそうです。かなりの山奥ですし、現在の住まいからも遠い。最近、故郷の現状を知りたいと思うようになったらしいのですが、諦めていたとも言っていました。年を取ったし、そう簡単に行ける場所でもないので。それが急《きゅう》に、目の前に映像として現れて、驚いたようでした。思いのほか、きれいに家屋が残っていると本人は喜んでいました。何十年も経っているのに、よくこれだけのものが残っていたと』

コメントには、すでにたくさんの「共感」ボタンが押されている。

『よくぞ映像にして残してくれたと父は喜んでいましたので、父に代わってお礼を申し上げます。すてきな動画をシェアしてくださり、本当にありがとうございました』

私は何度もそのコメントを読み返した。

感謝されるとは思っていなかった。動画サイトへの投稿もSNSの更新も、情報が欲しくて続けていたことだったから。

私は、祖母にとって大切な場所を見つけることができなかった。けれど、誰かにとっての大切な場所を残すことはできたのだ。だったら、私が撮る理由はそれでじゅうぶんだと思った。

そうして、今も私は取り残された風景を撮り続けている。

元気が出る山菜弁当《さんさいべんとう》

祖母のことを思い出しながら、しんみりとした気持ちで台所へ行くと、糸さんに声を掛けられた。

ぽつりぽつりと自分の過去や祖母のことを話していると、三つ目小僧もやって来る。

初めは「とんでもねぇ親だな」と私の両親に対して憤慨《ふんがい》していた。途中から「ばあちゃん……」と涙目になり、話し終える頃には号泣していたのだった。

「それで小夏は、ばあちゃんを亡くしてからもずっと廃村《はいそん》を巡っているのかぁ……」

えっぐ、えっぐ、と泣く三つ目小僧のかわいい旋毛《つむじ》を私は眺めた。

◆　◆　◆

今は私の部屋で、みんなで朝食を食べている。

「幸せだった頃の思い出の場所を探したい、か。小夏ちゃんは優しいね」

糸さんにふわりと微笑まれて、恥ずかしいというか、妙に居たたまれないような、むずむずした感覚に陥る。

「べ、別に、優しくなんてないです」

なんてことない言葉にすら詰まってしまって、余計に恥ずかしくなる。

「小夏はやざじいよぉ～」

泣きながら三つ目小僧が糸さんに同調する。

涙を流しながら勢いよく山菜《さんさい》がたっぷり入ったおかゆをかき込んでいる。

もともと朝食は白飯と卵焼き、山菜《さんさい》の辛味噌《からみそ》というメニューだったらしいのだけど、私に元気がないというので、糸さんが急遽おかゆに変更してくれたのだ。

数種類の山菜《さんさい》が入ったおかゆは、じんわりと優しい味がする。お腹の中に入ると、その温かさで心までぽかぽかになるような気がするから不思議だ。

風邪を引いたとき、祖母もよくおかゆを作ってくれた。消化にいいだけでなく、おかゆには心を癒す何かがあるのかもしれない。祖母が看病してくれた記憶があるから、きっとそんな風に感じるのだろう。

「マジで孝行孫むすめだよぉー！」

泣くのと食べるのとしゃべるのとで、三つ目小僧はかなり忙しそうだ。

「けど、結局は見つけることができなかったですし……」

私はおかゆを口に運びながら、祖母の笑顔を思い出した。

今さら、どうしようもないけれど、それでもやっぱり見つけてあげたかったと思う。

「木がたくさんある場所、だっけ？」

私に視線をやりながら、空《から》になった三つ目小僧の茶碗を糸さんが手にする。

かたわらに置いた土鍋の蓋《ふた》を開けると、柔らかな湯気《ゆげ》が立った。

ていねいな手つきでおかゆを盛り、茶碗を三つ目小僧に手渡す。

「祖母はそう言ってました」

「山奥で、いつも電車が走っていて、人が大勢いるところ、だよね」

「はい。でも、それはきっと色んな場所が混同してるんだと思います。その頃には記憶が曖《あい》昧《まい》になっていたと思うので……」

私の話を聞きながら、糸さんは「うーん」と少し唸《うな》っている。

何か考え込んでいるような、思い出そうとしているような感じだ。

「当てはまる場所、いくつかあると思うんだよね。農山村《のうさんそん》ではないんだけど」

「え？　本当ですか⁉」

私は思わず身を乗り出し「どこですか⁉」と尋《たず》ねる。

「具体的にどこって言われると……うーん、僕が実際に見たのは信州《しんしゅう》の山奥にあった集落だったよ。詳しい住所とかは覚えてないけど、あやかし街道《かいどう》沿《ぞ》いで一番栄《さか》えてる宿場《しゅくば》の近くだったから、行けば分かると思う。立派だったなぁ」

「立派？」

山奥の集落なのに？

「一緒に歩いてたあやかしたちと、少し足をのばしてね。珍しいから見に行こうっていう話になって」

「めじゅらしい？　んぐ、なにをみだんだよぉ」

勢いよくおかゆを口に流し込み、三つ目小僧が咀嚼《そしゃく》しながら糸さんに問う。

「森林鉄道だよ」

糸さんの言葉に、ハッと息を飲む。

森林鉄道。森林で伐採された木材を搬出するために使用されていた産業用鉄道のことだ。

昔は運搬手段として鉄道が一般的で、広く利用されていたという。

存在は知っていた。けれど、祖母の話を聞いてから今まで、まるでその可能性に気づかなかった。

「僕が行ったところには飯場もあったし、かなり大規模だったんじゃないかな。山奥だとは思えないくらい活気があって、本当に大勢の人が働いていた」

集落というよりは、街と表現したほうが正しかったかもしれないと糸さんは言った。

「……祖母が言ってたこと、ぜんぶ当てはまりますね」

思わず声が震えた。

ずっとずっと山の奥。たくさん木があって、いつも電車が走っていて、人が大勢いる。

私が勝手に決めつけていたのだ。祖母の記憶が混濁《こんだく》しているせいで、見つからないのだと。

祖母はきちんと伝えてくれていたのに。それなのに。

「いつまでも見つからなかったのは、私のせいだったんですね」

じわりと目に涙が滲む。

「ちゃんと聞かなかったから……」

ごめんね、おばあちゃん。本当にごめんなさい。

「私が祖母の言葉に真剣に耳を傾けていれば……」

後悔で胸が苦しくなる。

ぎゅっと両手の拳に力を入れていると、トントン、と糸さんの人差し指が私の拳に触《ふ》れた。

「残っていた住所の履歴、ぜんぶ農山村《のうさんそん》だったんでしょう？　林業のほうに考えが至らなくても仕方がないよ」

「でも……」

「そうだぜ、小夏。自分のためにさ、あちこち探してくれてたんだから、ばあちゃんはきっとそれだけで嬉しいって思ってるよ」

三つ目小僧は思う存分おかゆをかき込み、満足したのだろう。

ふう、と息をつきながら腹をさすっている。

「小夏ちゃん。お祖母《ばあ》さんの住所の履歴、だいたいでいいんだけど思い出せる？」

うつむく私を覗《のぞ》き込《こ》むようにして、糸さんが言う。

「……はい」

祖母がかつて暮らしたいくつかの山村。その場所を一つずつ、確実に私は辿った。

「ほとんど関東なんだね」

そう言って、糸さんが地図を持ってくる。

「ってことは、まずは関東近郊から攻める感じだな」

地図を覗《のぞ》き込《こ》み、頷きながら三つ目小僧が言う。

「……あの」

戸惑いながら二人に声を掛ける。

「もちろん探すよね」

「そんで動画をアップしようぜ」

糸さんも、三つ目小僧も、やる気満々といった表情だ。

もちろん、私もそのつもりでいる。祖母は亡くなってしまっているから、撮影してもどこが『あの場所』だったか、特定はできないだろう。でも、それでもいい。

「仏壇《ぶつだん》に手を合わせながら動画見せたら、おばあちゃん喜んでくれるかな」

笑いたかったし、笑ったつもりだったのに、涙が溢れた。

祖母への申し訳なさで、胸がくるしい。

「ぜったい喜ぶよ。そうと決まれば」

立ち上がろうとする糸さんに、慌てて「行くのは私一人です」と告げる。

「え？」

「当たり前じゃないですか。これは私の仕事でもあるんですよ。それに、紬屋はどうするつもりですか」

「……しばらくは、臨時休業ってことにするよ」

「何を言ってるんですか。いくつか予約をいただいてるんですよ。せっかくお客さまが楽しみにしてくださっているのに、休業なんていけません」

「予約済みのお客さまは、もちろんおもてなしするけど。その後は、ちょっとだけお休みを……」

「ダメです」

軌道に乗りつつある大切な時期だ。休業なんてありえない。

「心配だよ。小夏ちゃんが」

私も糸さんも、真剣な顔で向かい合う。

「私は大丈夫ですよ。今までだって、一人で廃村《はいそん》を尋《たず》ねて撮影をしていたんですから」

「じゃあ、約束してくれる？　必ずここに戻ってくるって」

いつになく真剣な顔で言われて、ぎゅっと胸が苦しくなる。

林業が盛んだった頃には、全国に何十か所も森林鉄道があった。すべての鉄道跡を見に行くつもりでいるから、相当時間がかかるだろう。

しばらくは、紬屋に戻ってくることができない。糸さんや三つ目小僧に会えなくなるのだ。

そう考えたら、また涙が溢れた。

紬屋に滞在して、一か月半くらい。たったそれだけなのに、自分の居場所のように感じる。

失いたくないと思う。

「……もちろんです。紬屋さんのことは、もっと盛り上げたいと思っていますから」

目元を手の甲で覆《おお》いながら、糸さんからさっと視線を外す。

「小夏がいなくなるのか……寂《さみ》しくなるなぁ」

三つ目小僧が涙目でかわいいことを言う。私は彼の肩をがしっと掴んだ。

「予約も入ってますし、これからはもっと忙しくなると思うんです。なので、糸さんのこと手伝ってあげてくださいね」

「……ふん、まぁ。仕方ねぇな」

ぷいっとそっぽを向きながらも、三つ目小僧は小さく頷く。

「お手伝いじゃなくて、正式な従業員になってもらおうかなぁ」

糸さんが腕を組みながら、ちらりと三つ目小僧に視線をやる。

「えぇ!? そ、そんなのムリだぞ……!」

ぶんぶんと三つ目小僧が首を横に振る。

「いいですね！　三つ目小僧さんなら、立派な看板息子になれると思いますし」

「か、看板息子!? なんだよそれ。おれはついこの間まで働いたことすらなかったんだぞ。そもそも労働とか向いてないと思うし！」

生粋の無職……いや、のんびり派あやかしだった三つ目小僧は、必死に労働から逃《のが》れようとしている。

「この間、雪女さんに自分を有能アピールしてたじゃないですか」

「そ、それは、そうだけど……」

「次々と新しい仕事を任されてるんでしたっけ？」

にっこりと笑うと、三つ目小僧が「ううっ」と涙目になった。

「じゃあ、部屋の仕事も覚えてもらわないとね」

糸さんも同じくにこにこ顔だ。

「布団の上げ下ろしとかは、得意でしたよね？」

「な、なんでそう思うんだよ」

三つ目小僧がきゅっと眉を寄せながら、私を見上げる。

「モーニングルーティーンの動画でやってたじゃないですか」

しっかりとした証拠動画が、チャンネルにある。

「あ、あ、あう……」

動画を再生すると、三つ目小僧は言葉を失った。そこにはしっかりと、布団を持ち上げる彼の様子が映っている。

こうして、彼は正式に紬屋で仕事をすることに決まった。

宿泊客（ときどきお手伝い）から、住み込みの従業員になったのだった。

私は荷物をまとめて、旅籠《はたご》を出る準備を始めた。

バックパックに撮影機材を詰めていると、糸さんから包みを手渡された。彼の手製の風呂《ふろ》敷《しき》でくるまれたそれは、どうやらお弁当らしい。

「山の麓《ふもと》まで距離があるでしょう？　お腹が空《す》いたら食べて」

「ありがとうございます」

そう言ってお弁当をバックパックにしまった。

「小夏ちゃん、くれぐれも気を付けてね。怪我しないで。危ないところに行っちゃダメだからね。ね？」

糸さんが真剣な顔で私に言い募る。

撮影には山歩きが必須で、正直なところ、山イコール危ないと言ってもいい。常に危険と隣り合わせだ。崖崩れがあったり、野生動物に遭遇《そうぐう》したりもする。

「……分かりました。危険なことはしません」

心配性な糸さんをこれ以上不安にさせたくないので、あえてそれは言わずにおく。

「それからね、これ」

糸さんが懐から、あるものを二つ取り出した。

「あ！　お手玉ですね」

ころんとかわいい、ちりめん生地《きじ》のお手玉だった。

「端切れを見つけて、作ってみたんだけど。持って行ってほしい。小夏ちゃんを災いから守るように、念を込めたから」

朱色と橙色のお手玉を糸さんから受け取る。

「ありがとうございます……念を込めたというのは、糸さんには何か、そういう力があるんですか？」

初耳なんですけど。

「頼りない力だけどね。小さな厄災くらいなら、遠ざけてくれると思うよ。一応、三百年は生きてるあやかしだからね」

「そうなんですか」

糸さんの年齢を初めて知った。

「あ、じゃあ。お世話になりました……」

ぺこりとお辞儀をする。

「うん、いってらっしゃい」

「い、いってきます……」

ちらりと彼を見ると、手を振っていた。私はもう一度、小さくお辞儀をする。

そうして歩き出す。

夏の蒸し暑い風を体に受けながら、私は山を下った。ときどき、木々がさらさらと揺れた。わしゃわしゃと蝉《せみ》が鳴いている。

歩きながら、ふいに楽しかった旅籠《はたご》での日々を思い出した。途中で、何度か引き返したい衝動に駆られた。

撮影機材を押し込んだバックパックが肩に食い込む。

(休憩しようかな。けっこう歩いて、お腹も空《す》いたし……)

でも、糸さんのお弁当を見たら、それこそ本当に引き返してしまいそうだった。

汗だくになりながら山の麓《ふもと》まで行き、そこでようやくお弁当を開《あ》けた。

バス停のベンチに座って、「いただきます」と手を合わせる。

山菜《さんさい》の旨味が凝縮した炊き込みごはん、甘い卵焼き、こごみの胡麻和《ごまあ》え、ウドの皮のきんぴら。

どれもこれも美味《おい》しい。咀嚼《そしゃく》する度に、全身がじんじんする。

山歩きで力を使い切り、からからに干からびた体に少しずつ元気が戻ってくるような感覚だ。

何より糸さんの味がする。すっかり彼の味に舌が慣れている事実に驚いた。

食べ終わってしまうのが嫌だ。そう思いながら、私はゆっくりとお弁当に箸《はし》をつけた。

◆　◆　◆

一旦、私は自宅に戻った。祖母の遺品を一つ一つ手に取りながら、何か手がかりになるものはないかと探った。

同じようなことは、昔何度もやった。けれど、森林鉄道のことが分かった今、もしかしたら見落としていた何かが見つかるかもしれない。

アルバムにも手を伸ばしたが、幼少期の写真は一枚もない。諦めて最後のアルバムを閉じようとしたとき、ふと裏表紙にあるポケットの存在が気になった。

紙製のポケットに手を入れると、中には一枚の写真が入っていた。

（あ、これ……）

モノクロの鉄道写真だった。

先頭車両を撮ったものだったけれど、かろうじて積み荷である木材が確認できる。写真の裏には、『森林《しんりん》軌道《きどう》』と書かれている。

森林鉄道のことだ。軌道と呼ばれているところもあるらしい。詳しく調べてみると、驚くことに、もう動いていないものの、現存する森林鉄道がいくつかあるらしいと分かった。

そのすべてに問い合わせたが、残念ながら祖母が持っていたモノクロ写真とは合致しなかった。

残るは、廃止されたところだ。北は北海道、南は九州まで。

どこから行こうかな……

『ほとんど関東なんだね』

ふいに糸さんの声が耳の奥でよみがえった。

確かに彼の言う通り、届け出がされていた祖母の住所の履歴は関東ばかりだった。関東近郊に絞れば、数はぐっと減る。

とにかく行動するしかない。私はまず、近場にある森林鉄道から調べ始めることにした。

どうやら動力車を持たず、台車に積んだ木材の自重で勾配《こうばい》を下るものを『軌道』というらしい。蒸気機関車が木材を載せた列車を牽引《けんいん》するのが『鉄道』。

ただ呼び方が違うだけではないようだった。

「おばあちゃんが持ってた写真には『軌道』って書いてあったから、さらに絞られるよね……」

廃線になっているものの、資料館があったり公園の一部として一般公開されたりしている森林鉄道もあり、私は出発する前にできるだけの情報を集めた。

いくつかアタリをつけ、翌日の早朝には機材を背負って家を出発した。

◆◆◆

赴いた場所の映像はきちんと残したい。祖母の思い出の地かもしれないし、たとえ違ってもそこは見知らぬ誰かの大切な思い出の地かもしれない。

ハイキングコースにもなっている廃線跡を歩きながらカメラを回す。

実際に廃線跡を目にすると圧倒された。何十年も使われていない線路なのに、妙な力強さがあった。厳《おごそ》かな雰囲気さえ感じる。

何キロも続く廃線跡をひたすら歩く。蝉の声と、さらさらと木々が揺れる音。しばらくするとハイキング中らしき集団が見えた。

廃村《はいそん》の撮影でもごくまれに登山客や村の手入れを行う元住人と出会うことがあったが、いつも避けていた。

子どもの頃クラスで浮いていたこともあり、人と関わることが苦手だった。

友達もおらず、他人と何をどう話していいか分からない。いざ話そうとすると、舌がもつれてうまく言葉が出てこないのだ。

今までの私は確かにそうだった。

それなのに、今の私は……気づいたら自分から話しかけていた。

「あの、撮影中なんですけど。お話を伺ってもいいですか」

動画クリエーターという身分を明かすと、興味津々《きょうみしんしん》なひと、迷惑そうな顔をするひと、反応は様々だった。

背を向けて足早に去っていくひともいたが、意外にもそのことで傷《きず》ついたりはしなかった。ごく自然に他人に声を掛けていた。自分でも驚いた。舌がもつれる感覚もなかったな……と思ったとき、すぐにその理由が分かった。

最近の私は、ものすごくしゃべっていた。他人と話すことが苦手だという事実が吹っ飛んでしまうくらいに突飛な存在、あやかしたちと賑やかに過ごしていたのだ。

人見知りで口下手な自分が、ほんのわずかだけれど変化している。賑やかな面々を思い出すと、嬉しいような寂《さみ》しいような気持ちになった。

撮影から戻ると動画を編集して、投稿する。情報を募るためだ。かなりの頻度でSNSにも投稿をしたけれど、なかなか思うような成果は得られなかった。

関東エリアの候補地は、残念ながらすべてが空振りに終わってしまった。

北陸や信州のほうにも範囲を広げ、地道に撮影と聞き込みを続ける。

◆　◆　◆

その日も撮影をしながら廃線跡を歩いた。

しばらくすると水の音が聞こえた。沢《さわ》が近くにあるらしい。滴《したた》る汗を拭《ぬぐ》い、沢《さわ》の水で喉をうるおす。涼《すず》やかな水の音を聞いていると、体から疲れが取り除かれるような気がするから不思議だ。

背負っていた機材を下ろし、そばにあった岩に腰かける。ほっと息をついていると、心地よい風が通り抜けていく。

わしゃわしゃと鳴いていた蝉の声が、気づけば聞こえなくなっている。季節は夏から秋に変わっていた。

石造りのトンネルをくぐると廃線跡が見えた。今回撮影するのは、渓谷《けいこく》沿《ぞ》いを下っていく森林鉄道だ。

いつも以上に足元に気を付けて歩《ほ》を進めた。

『危ないところに行っちゃダメだからね』と心配していた糸さんを思い出す。

忙しくしているだろうか。紬屋はどうなっているだろう。三つ目小僧はちゃんとお手伝いしていたのかな。お客さんがたくさん来てくれていたらいいけれど……

考えていたら、しんみりしてきた。

ポコン、とスマホが鳴って、私は足を止《と》めた。ＳＮＳに反応があり、確認してみるとメッセージが届いていた。

アカウント名は、『糸』となっている。

「ま、まさか、糸さん……？」

信じられない気持ちで、画面をタップした。

『小夏ちゃんへ。糸です。小夏ちゃんと連絡を取りたくて、毎日むんむんとしていたら、雪女がすまふぉを手配してした』

糸さんだった。メッセージを見た瞬間、ガクッと力が抜けた。誤字脱字がひどい。

『むんむん』というのは、たぶん『もんもん』の打ち間違いだろう。『手配してした』というのは、おそらく『手配してくれました』と言いたかったのだと思う。

なんとも力が抜ける文章だ。でも、必死にスマートフォンをぽちぽちしている姿を想像すると胸がぎゅうっとなった。

『糸さん。メッセージありがとうございます。休憩中ですか？　お仕事サボっちゃダメですよ』

送信すると、すぐに既読になった。間もなく返信があるだろうなと思ったけれど、なかなか届かない。どうしたんだろう、と考えたところで、その理由に思い至った。

そういえば、糸さんは文字を打つのがすごく遅かった……

気長に待とうと思ったところで、ポコンとスマホが鳴る。

『さぼってないよ！　ちゅっと休憩してます』

思わず吹き出した。『ちゅっと』って……

くすくすと笑いながら、スマホを操作する。

『メッセージありがとうございます。糸さんのおかげで、元気が出ました』

なかなか成果が出ないことに焦りを募らせていたのだ。

なんとも脱力感のあるメッセージのおかげで、気持ちが楽になった。

しばらく待っていると、またしても誤字のある返信が届いた。

『本当？　小夏ちゃんにそう言ってももえると、すごくうれてぃよ！』

またしても、ぷはっと吹き出す。

『ももえる』と『うれてぃ』。もちろん『もらえる』と『嬉しい』だ。

ただの文字列なのに、やたらと腹筋を攻撃してくる。滅多に笑わないから、もうすでに腹筋が痛い。思わずお腹を抱えた。

そうやって私は、糸さんからのメッセージをずいぶん長い間眺めていたのだった。

◆　◆　◆

糸さんから初めて連絡が来てから数日後。

最近では毎日のように他愛もないメッセージのやり取りをしている。

『おはよう』『今日も撮影？』『危なくない？』『ごはんは何を食べた？』たいてい、こういうメッセージが一日に何件か届く。

怒涛《どとう》の連続メッセージが訓練になったのだろう。

日に日に彼の誤字脱字は減っていった。今はもう、ほとんど目にすることもない。ちょっと残念に思っているのは秘密だ。

メッセージにはなるべく律儀《りちぎ》に返信するようにしている。

『おはようございます』『今日は早朝から撮影に来ています』『信州のほうまで足をのばしました』『危なくないですよ。心配してくださって、ありがとうございます』などなど。

撮影に集中していると気づかないこともある。

そういうときには未読件数がすごい数になっている。

糸さんからの連絡の頻度を知った雪女さんにはドン引きされてしまった。彼女とも連絡を取っていて、他愛もないメッセージがときどき送られてくるのだ。

『……え？　そんなにしょっちゅう送ってくるの？』

『はい』

私が返信すると、スタンプが送られてきた。かわいいウサギが真っ青になっているスタンプだった。

『うわぁ、さいあく！　完全に束縛男じゃん』

『え？　糸さんがですか？』

『大人なんだからさ、いちいちうるさいっての。小夏はそう思わないの？』

『……えっと、心配性だなぁとは思いますけど』

本心だ。束縛というワードは一度も頭に浮かばなかった。離れているのにそばにいるみたいだなとか、繋がっている安心感があるなとか、そういう風に捉えていた。

私がおかしいのだろうか……

『まぁ、初めての彼氏だから仕方ないのかもね。比べようがないしさ』

またしてもスタンプが届く。今度は、ウサギがふぅっとため息をついていた。やれやれ、といった感じだ。

「か……⁉　か、れしとかじゃないですけど……！」

急激に心拍数が上がる。とんでもない誤解だ。

誤解。そう、誤解。ダメ、誤解。誤解はすぐに解かなければ……！

なぜか焦ってしまい、気づくと顔が熱くなっている。

『恋人じゃないのに毎日どこ行ったとか何を食べたとか聞いてくんの？　ますますありえないんだけど！　マジで本当にヤバい奴じゃん！　重すぎる！』

けちょんけちょんに言われている糸さんがかわいそうになってしまい、私はなんとか彼女を宥《なだ》めた。迷惑していない、ということを分かってもらうにはかなりの時間を要した。

（そんなに糸さんの言動とか行動ってヤバい感じなんだろうか……？）

普通が分からない。友達もいなかったし、もちろん恋人がいたこともない。

『何かあったらあいつをシメてやるからね。安心しなよ、小夏』

そう言って、頼れる姉貴を発動させる雪女さんの言葉に、私は頼りなく『はい』と返事をすることしかできなかった。

その後も、糸さんからの怒涛《どとう》のメッセージに返信したり、雪女と楽しくやり取りをしたりしながら、写真にあった場所を探し続けた。

手がかりを掴めず、八方塞がりではあったけれども、二人のおかげで気持ちを保つことができた。SNSだけでじゅうぶんだと思っていた。

けれど、少しずつ寂《さみ》しさが募った。

お客さんが増えて、それ自体はありがたいことなのだけど、忙しくなった糸さんのことが心配になった。三つ目小僧は、意外にも仕事をこなしているとのことだった。

糸さんからそう報告を受けて、よかったと安心する反面、自分がその場にいないことで取り残された気持ちになる。

雪女だって日々忙しくしているので、私にばかりかまっていられない。職場では貴重な戦力としてばりばり働いているし、友人も多い。

直接会えないことが、こんなにつらくて寂《さみ》しいとは思わなかった。

「はぁ……」

自宅に戻った私は、ドサッと荷物を玄関に置いて、ため息をついた。今回もダメだった。

「信州のほうも、空振りに終わっちゃったなぁ……」

玄関から続く廊下にすとんと座り込み、膝を抱える。

しばらくそうしていると、スマートフォンが震えた。糸さんだった。

ポコポコポコッと連続でメッセージが届く。

『小夏ちゃん、お疲れさま！』

『今日は三名様の予約だったよ』

『今は休憩中です』

三連続のメッセージだった。続いて、画像が送られてくる。

いつの間にか糸さんは画像を送信するやり方も覚えていて、ときどきこんな風に送ってくれるのだ。

「あ、三つ目小僧さん……」

どうやら隠し撮りのようだった。

三つ目小僧の背後から撮ったらしい。お膳《ぜん》を両手で持って、廊下をささっと移動する様子が激写されていた。頑張って客室まで運んでいる。

「ん？　あ、次々と画像がくる……」

二枚目の画像は、玄関周りをホウキで掃いているところだった。背伸びしながら洗いものをしている姿も確認できる。

読書コーナーでは、書籍を整理する様子が捉えられていた。本当に、ちゃんと仕事をこなしているようだ。

「帰りたいな……」

ぽつり、と言葉が落ちる。

その言葉が、波紋《はもん》みたいに心の中に広がっていく。

自分の家にいるのに、おかしなことを言っていると思う。でも、あの場所に戻りたい。私は、糸さんがいるところに帰りたい。

(諦めないつもりだったんだけどな……)

どんなに時間がかかっても、諦めるつもりはなかった。そのつもりで紬屋を出た。

自分は負けず嫌いで、根性があって、意志が強い人間だと信じていた。だから、途中で投げ出すなんて想像もしていなかった。

でも、どうやら私は自分のことを見誤っていたらしい。

「私、本当は弱い人間だった……」

とても、寂《さみ》しい。

からからに渇いて、頑張る力が湧《わ》いてこない。

こんな自分は嫌だと思う。でも同時に、もうじゅうぶんなのではないかとも思った。

頑張る力が湧《わ》いてこないのは、精一杯頑張ったからではないか。

「このまま見つからなくても、おばあちゃんは怒《おこ》らないよね……?」

私は、糸さんにメッセージを送った。

『お仕事お疲れさまです。三つ目小僧さんも頑張ってますね。紬屋にお客さんが増えて、私もすごく嬉しいです』

『私のほうは、なかなか情報もなくて。やっぱり難しいみたいです。もう、そろそろいいのかなって思ってます』

『これでも、けっこう頑張ったんですよ。それでも見つからないんだから、仕方ないですよね』

『近々、そちらに戻るつもりです。また動画を撮ったり宣伝をしたり、お手伝いをしたいです』

立て続けにメッセージを送信した。

すぐに、既読がつく。

ぜったいに返信をくれるだろう。いつも優しい糸さんのことだ。どんな内容かは、だいたい想像がつく。

頑張ったね、お疲れさま、帰っておいで。

そんな風に、ねぎらいの言葉をくれると思った。そう期待した。

でも、実際に届いたメッセージは違っていた。

『本当に、それでいいの？』

その文字を見たとき、ハッとした。

『諦めて、後悔しない？』

言葉がずしりと心に響く。

『やり切って見つけられなかったのなら、仕方ないと思えるかもしれない。でも途中で諦めるのは、ずっと後悔を抱えることになるんじゃないかな』

ぽろりと涙がこぼれた。

（糸さんの言う通りだ）

甘えてしまった。糸さんに。恥ずかしくて、居ても立っても居られなくなった。

弱音を吐いた私を彼はどう思っただろう……？

考えたら、急《きゅう》に怖くなった。

嫌われただろうか。呆れているかもしれない。胸の奥がぎゅうっと痛くなって、涙が止《と》まらなくなった。

しばらくすると、ポコンという音と共にメッセージが届いた。

何度か逡巡《しゅんじゅん》して、スマートフォンを手に取る。ぐず、と洟《はな》をすすりながら確認すると、糸さんからスタンプが送られてきていた。

かわいいクマがくるくると踊っている。いつの間に、スタンプを送る技術を身に付けたのだろう。

何秒か後に、メッセージが届いた。

『えらそうなことを言ってしまったけど、僕は小夏ちゃんに会いたくて毎日泣き暮らしているので』

……うそばっかり。

『明日にでも、ここに戻ってきてくれて大丈夫だよ』

またしても、クマのスタンプが来た。さっきとは違うダンスを踊っている。愛嬌のあるクマだ。ふりふりと体を揺するクマを見ていると、噛みしめていた口元がふっとほころんだ。

甘えたのが、このひとでよかった。

『もう少し、続けます』

『うん』

『おばあちゃんのために』

『そうだね』

『まだまだ探すところはあるので』

自分の中にある弱音をぜんぶ吐き出してしまったので、今はむしろすっきりしている。涸れてしまっていた『頑張る力』が、少しずつ湧《わ》いてくる感覚があった。

『焚きつけておいて言うのもなんなんだけど、ムリはしないでね』

『分かっています。ありがとうございます』

『どういたしまして』

ぺこりとお辞儀するクマが、なんともかわいい。

『糸さんのおかげです』

『そんなことないよ』

『ごめんなさい』

『どうして謝るの？』

『甘えてしまいました』

『僕は、嬉しかったよ』

甘えられて、嬉しいものなのだろうか。

『どうして、嬉しいんですか？』

『心を許してるから、甘えられるんじゃない？　特に、小夏ちゃんの場合は』

確かに、そうかもしれない。甘えるというのは、自分の内面を見せるということだと思う。

そうか。私は、自分をさらけ出してもいいと思えるひとだから、甘えたのか。

糸さんを、私はそういう風に思っているのか。

『じゃあ、また、苦しくなったらそうしてもいいですか？』

『もちろんだよ』

OK、とにこにこ笑うクマのスタンプが届く。照れくさくなって、私も無心でスタンプを送った。しばらくスタンプのみのラリーが続いた後、糸さんから短い言葉を受け取った。

『ごめんね。ちょっと、きついこと言ったね』

気にしていたのだろう糸さんに、私は胸元でハートを抱えるパンダのスタンプで返信した。軽い気持ちで言葉を投げた訳ではないと分かっている。優しいことを言うのは簡単だけど、彼は決してそうしなかった。

愛情があるから言える言葉があって、私も同じ気持ちだから、その言葉を真っすぐに受け取ることができる。

糸さんが生きてきた年月に比べたら私は赤子も同然かもしれないけれど、それくらいのことは、二十一年しか生きていない私にだって分かるのだ。

◆　◆　◆

翌日から、次に目指す場所を探した。改めて地図と資料を確認しながらアタリをつける。最終的には、数打ちゃ当たる戦法で攻めるしかないなと思っている。

準備を整え自宅を出たのは午前中で、電車を乗り継いでいる間に昼食の時間になった。駅弁でお腹を満たそうと売店へ向かう。

緑茶で喉をうるおしつつ、具材たっぷりの釜《かま》めしをつまむ。美味《おい》しいのだけど、やはり糸さんの味には敵わない。

「糸さんのごはんが食べたいなぁ……」

やる気自体は無事に回復したけれど、彼の手料理が食べられない寂《さみ》しさは募る。胸がざわめくような、心許《こころもと》ない感じ。

電車に揺られながら、車窓の景色をぼんやりと眺める。

目的地付近の駅に着いて、その日は駅前のホテルに泊まった。翌朝、まだ暗い時間にチェックアウトする。

今回、私が目指すのは、北陸地方のある場所。廃線の一部が森林公園になっているところだった。

事前に撮影の許可を取っているので、安心してカメラを回しながら公園内を歩く。平日なので観光客もまばらだ。

すれ違うひとに、声を掛ける。相変わらず反応は様々だった。笑顔で対応してくれるひともいれば、眉を顰《ひそ》められることもある。

しばらくそうしていると、思わぬ収穫を得ることができた。

蒸気機関車、いわゆる『鉄道』で、私が候補から外した森林鉄道の話になったときだった。

「ディーゼル機関車になったのは戦後だね。もともとは蒸気機関車で、初めは手動だったところも多いみたいだよ」

夫婦で公園に来ていた男性は、聞けば鉄道オタクらしく、その中でも『廃線』がとりわけ好みらしい。

「軌道から鉄道に変わったところがあるんですか」

「いくつかあったはずだよ。規模が大きくなって、手動では追いつかなくなったんだろう」

当時の林業がいかに盛んだったかを男性は語る。途中から蒸気機関車のどこに惹かれるかという話になった。気づけば、廃線の素晴らしさを熱心に話している。

「ごめんなさいね。このひと、話し出すと止《と》まらなくって」

男性の妻が恐縮したように頭を下げる。しゃべり過ぎた自覚があったのか、男性も慌てて「すまないね」と口にする。

「いえ、とてもありがたい情報だったので。教えていただけて嬉しいです」

撮影する範囲は広がってしまったが、とてもありがたい情報だ。私は男性に教えてもらった情報をもとに、改めて候補地を選別した。

その中に、夜月森林鉄道《やげつしんりんてつどう》があった。

夜月という地名は、夜になると星や月がよく見えることからつけられたらしい。関東の奥《おく》座敷《ざしき》に位置する。

私は信州での捜索を切り上げ、夜月に向かった。

各駅停車のローカル線に揺られ、終着駅を目指す。のどかな田園風景がしばらく続いた後、こぢんまりとした木造の駅舎が見えた。終着駅だ。ここからはバスで向かう。

時刻表を確認すると、バスの発車までには時間があった。駅舎に戻り、待合室で時間をつぶす。

バックパックを肩から下ろし、私はお手玉を取り出した。

糸さんに教えてもらった数え歌をうたいながら、お手玉を宙に放る。歌は覚えたけれど、お手玉自体はうまくできない。単純な遊びだけど、意外に難しい。

しばらくすると、少し離れたところに座る高齢の女性が話しかけてきた。

「懐かしいねぇ」

私の手元を笑顔で見ている。彼女の隣には、孫らしい小さな男の子が、ちょこんと行儀よく座っていた。

「お手玉が、ですか？」

「そうだよ。昔は、道端で遊んでる子が大勢いたんだけどね」

懐かしそうに、目を細めている。確かに、この令和の時代にお手玉で遊ぶ子どもは、なかなかいないだろう。

「その歌も久しぶりに聞いたねぇ」

歌……

その言葉に、ハッとする。

「あの、すみません。今私がうたっていた数え歌をご存じなんですか？」

「もちろん、知ってるよ。この地方に古くから伝わる数え歌でね。幼い頃には、みんなでよくうたっていたねぇ」

そう言って、女性が口ずさむ。間違いなく糸さんが教えてくれた数え歌だった。

「ぼくもね、うたえるよ！　おばあちゃんに教えてもらったの！」

男の子は元気よく言ってから、一緒に数え歌をうたい始めた。二人並んでうたう姿は微笑ましい。見ていると、ほっこりとした気持ちになった。

（……糸さん。忘れてなんて、いませんよ。ちゃんと残っていました）

私は心の中で、糸さんに語りかけた。

ガタン、と車体が揺れて、私は窓の外に視線をやる。

バスが発車してからずっと、平坦な川沿いの道を走っていた。けれど、どうやら山道に入ったらしい。整備されているとはいえ、ときどき車体が揺れた。

急勾配《きゅうこうばい》の道には、定期的に大きなカーブがあった。大きく車体を傾けながら、バスは坂道をのぼっていく。

窓の外には、秋が深まる山の景色があった。渓谷《けいこく》の美しさに思わず息を呑《の》む。赤、黄色、橙色に染まる美しい紅葉が、どこまでも広がっている。

何度かカーブに体を傾けながら、しばらくすると終点に着いた。ここからは徒歩になる。

最近、気温がぐっと下がった。おかげで、かなり歩きやすい。色づいた落ち葉を踏みしめながら山道を進む。

しばらく歩くと、白い小さな平屋建てがあった。ぽつんと寂《さみ》しく立つその建物に近づく。

表札のような案内が出ており、見ると郷土資料館らしいことが分かった。

「こんなところに、郷土資料館……？」

足元を見ると、入口付近だけ落ち葉がなかった。きれいに掃き清められていることから、無人ではないことが分かる。

そっと扉に手を掛けた。

カラカラカラ、と横に引いてドアを開ける。

「こ、こんにちは」

そっと声を掛ける。

「おや、若いひとが来るのは珍しいね」

奥のほうから、落ち着いた声が返ってきた。

「あの、お邪魔してもよろしいですか……？」

「もちろん。どうぞ、お入りください」

そう言って中に案内してくれたのは、資料館を管理しているという初老の男性だった。白シャツにグレーのベスト、そして腕にはアームカバーといういで立ち。

ずいぶん長い間、ここの館長をしているらしい。

「ここは、森林鉄道の資料館なんですか？」

「他にもいろいろだね。もうずっと昔のことだけど、ここには集落や学校もあってね」

夜月は昔、かなり大規模な集落だったという。

大正初期から昭和中期にかけて林業に従事する人々が集まり、分校として小学校も開校したらしい。その後、林業が下火になると分校は廃校、現在は集落も廃村《はいそん》となっている。

森林鉄道を撮影している事情を話しながら、祖母が持っていたモノクロの鉄道写真を見せる。

「なるほど。お祖母《ばあ》さんのためにね」

館長は眼鏡を取り出し、じっくりと検分するように見ている。しばらくして「あ」という声を上げた。

「これは、夜月だね」

「ほ、本当ですか⁉　どうして分かるんですか？」

館長の言葉に驚き、思わず声が大きくなる。

彼は私の手からするりと写真を抜き取ってから、窓のそばへ寄る。

「この写真の背景に山が写ってるでしょう。とても特徴的な形をしている」

「……そうですね」

確かに、切り立った山の形は独特だった。

「窓の外を見てごらん。同じ形をしている」

館長はそう言って指さす。窓の向こう、色づいた山々に視線をやると、独特な形をした山が見えた。

「あ……！」

それ以上、何も言えずに言葉が詰まる。

嬉しいはずなのに呆然《ぼうぜん》としてしまう。動けずに、ただ窓の外を見る私を置いて、館長は部屋の奥からアルバムを何冊か持ってきた。

どれもこれもずっしりと重たそうだった。ページを開くと、わずかにほこりっぽさを感じる。

「君のお祖母《ばあ》さん、年代から考えると分校に通ってたんじゃないかな。写真が趣味の先生がいてね、膨大な量の写真が残ってるんだよ」

廃校になった際、いずれ自分では管理できなくなるだろうと考え、写真を市に寄贈したらしいのだ。呆然《ぼうぜん》としたままの私を座るよう促《うなが》し、館長もパイプ椅子に腰かけた。

アルバムをめくりながら「お祖母《ばあ》さんの名前は？」と私に聞く。

「ツユです、御崎ツユ」

どうやら、館長は集合写真を探しているようだった。裏面には、それぞれの氏名が記されているのだという。私の向かいに座る館長が、パイプ椅子をぎしりと鳴らした。

「御崎っていうのは、結婚した後の名前かい？」

「あ、そうです。えっと、その前は……」

私が名前を口にする前に、館長が写真の裏に記されたある名前を指で示す。

園田《そのだ》ツユ。

その名前を見た瞬間、思わず泣いてしまった。何度も頷きながら「間違いありません」と声を絞り出す。

間違いなく、祖母の名前だった。園田は祖母の旧姓だ。

「右から三番目に名前が書かれてるから……」

そう言いながら、館長が写真をひっくり返す。

集合写真に写る女の子たちは、決まって髪を短く切り揃えられていた。おかっぱ頭というやつだ。

「ああ、この子だね」

子どもの頃の祖母を見ても、それが祖母だと判別できないと思っていた。でも違った。面影が残っていた。

祖母は笑っている。周りの子と同じおかっぱ頭の祖母が、同年代の女の子たちの中で、楽しそうに笑っていた。

「本当に、ここなんですね」

ここが、祖母が幸せだったと言った場所。

「できたら、実物の廃校とか集落を撮影させてもらえませんか……?」

そう口にした後で、それが不可能なことを思い出した。いくら映像に残したい、そう思ってもできない。

「……ムリだね」

館長が残念そうに首を横に振った。そう、ムリなのだ。だって、すべてはもう……

「ダムの底に眠ってるんだ」

立ち上がって、館長は窓を開けた。ほこりっぽい室内に、涼《すず》やかな風がすべり込んでくる。

ここに来る前に調べて、分かっていたことだ。ダムが竣工《しゅんこう》したのは昭和の後期。かつて林業で栄《さか》えた夜月の集落は、すべてが湖底《こてい》に沈んでいる。

消えてしまった集落の歴史を残すために、この資料館はあるのだ。湖畔《こはん》を望む場所に立つ小さな郷土資料館。

私は窓から顔を出して、湖の水面を眺めた。穏やかだった。まるで時が止《と》まっているかのように。

この下に、集落が眠っている。祖母が、かつて暮らした村。思い出の場所。ずいぶん長い間、私はそうしてそこに佇《たたず》んでいた。

酸味が美味《おい》しい山菜《さんさい》トムヤムクン

自宅に戻ったのは、夜遅くになってからだった。

私は仏壇《ぶつだん》の前へゆき、蝋燭《ろうそく》に明かりを灯す。

「やっと、見つけることができたよ」

手を合わせながら、そっと祖母に語りかける。

「遅くなって、ごめんね。幸せな記憶だったのに、思い出せなくてつらかったでしょう……？」

病院のベッドに横たわり、途方に暮れていた祖母の姿を思い出す。

「夜月っていうところだったよ。電車は森林鉄道だった。すごく山奥で、本当にたくさんのひとがいたんだね。友達もいっぱいいて、よかったね」

引っ越しを繰り返し、なかなか友達ができなかったらしい祖母。同じ境遇の子どもたちが多くいて、やっと友達ができたという夜月での暮らし。

写真の中で笑っていた、おかっぱ頭の祖母を思い出すと、また涙が溢れそうになった。

仏壇《ぶつだん》の前に正座したたまま、しばらくぼうっと動くことができなかった。
神経だけが、妙に高ぶっている。疲れているはずなのに、うまく眠れそうになかった。
編集作業をしようと思い立ち、パソコンの前で機械的に手を動かす。しばらくすると、
どっと疲れが押し寄せてきた。横になった瞬間、記憶がとぎれる。

◆　◆　◆

いつの間にか眠っていたらしい。スマートフォンの振動で目が覚めた。

時刻を確認すると、もう昼を過ぎている。完全に覚醒しないまま、私は震えるスマート
フォンの画面を操作した。

『小夏ちゃん……！』

糸さんの声が耳に飛び込んでくる。

『小夏ちゃん、大丈夫⁉』

なぜか、ひどく焦っている。

「糸さん、どうかしたんですか？」

『心配したんだよ！　ぜんぜん連絡つかないから。メッセージを送っても返信が来ないし、

そもそも既読にすらならないし！』

疲れ果てて眠ったせいで、連絡をもらっていたことに気が付かなかった。目を擦りながら
「心配かけて、ごめんなさい」と糸さんに詫《わ》びる。

『事故にあったんじゃないか、誰かにかどわかされたんじゃないかって。もう居ても立ってもいられなくて……！』

「心配性ですね」

『……そりゃ、小夏ちゃんのことだもん』

珍しく低い声に、どきりとする。

『あのさ』

硬い声だ。かしこまった雰囲気を察して、思わず身を起こす。

「なんでしょう……？」

『もしかして、ずっと迷惑だった？　この間、雪女に怒《おこ》られてさ。僕ってソクバクオトコらしいんだ。きもい、うざい、はた迷惑って、めちゃくちゃ叱られて。おまけに、ソクバクオトコは嫌われるぞって雪女に脅《おど》されて』

真面目な声色《こわいろ》で、糸さんが話を続ける。

そういえば以前、雪女は糸さんのことをけちょんけちょんに言っていた。束縛男か……

確かに、世間一般ではそうなのかもしれない。

『小夏ちゃん、聞いてる？　僕って、ソクバクオトコ？　もしかして、もう嫌われちゃってる？』

糸さんが連呼する『ソクバクオトコ』が妖怪《ようかい》の一種のように思えてきて、なんだかおかしくなった。それでも、彼が真剣に話をしていることは分かるので、私も真面目な声で「嫌っていませんよ」と答えた。

糸さんが、あからさまにほっとした。

『よかった……』

「どうやら、世間では束縛というらしいですね。あくまでも人間社会での話ですけど」

『……あやかしの世界でもそうらしいよ。なんならこっちのほうはもっと放任主義らしいんだ。三つ目小僧にも「重い」って散々馬鹿にされたよ』

はぁ、と糸さんがため息をついている。

『なるべく気を付けるよ。今どこにいるのとか、帰りはいつになるのとか、そういう連絡は、なるべく控える……』

少しだけ、いや、かなり不本意らしい声で糸さんが言った。

「大丈夫なので、別に気を付けなくていいですよ」

『小夏ちゃん？』

「私は、どうやら世間とは少しズレているようです。昔、両親に必要とされなかったことが影響しているのかもしれません。友達もいなくて……ずっと寂《さみ》しかったんだと思います。だから、心配してもらえるのが嬉しいんです。ちょっとくらい過度なほうが、それを実感できますから……」

恥ずかしい。顔が真っ赤だ。でも、赤面した顔を見られていないという安心感があるので、これくらいのことは言えた。

重いくらいのほうが、実感できる。必要とされているのだと安心できる。私は、糸さんに必要とされたい。私にとって、糸さんは必要なひとだから。

ひとしきり会話した後、私は改めて話を切り出した。

「探していた場所、とうとう見つかりました」

糸さんに報告すると、私以上に喜んでいるのでは、という勢いで感激してくれた。何度もねぎらいの言葉をかけてくれる。

諦めずにいられたのは、糸さんのおかげだ。直接、顔を見て『ありがとうございました』と伝えたい。

私は早々に、紬屋に戻ることにしたのだった。

◆　◆　◆

一度でも登った経験のある山は、それだけで少し安心できる。

私は旅籠《はたご》を目指して山道を歩き始めた。しばらく進むと勾配《こうばい》がきつくなり、息が上がった。

前回の経験から、紬屋まで二時間ほどはかかる計算だった。

それでも、もうすぐ糸さんに会えると思うと力が湧《わ》いてくる。

無心で歩いていると、かすかに水の流れる音がした。このあたりに沢《さわ》なんてあっただろうか。そう思って音のするほうを見ると、小さな湧水みたいな流れが確認できた。

この地方は、二日前まで長雨が続いていた。そのせいで沢《さわ》が出現したのだろう。

山の中腹まで辿り着いたところで一休みする。

チチッ、チイ、という鳴き声が聞こえた。季節が変わったせいで、鳥の鳴き声も違っている。耳を澄まして、かわいい音色を堪能する。

すると、突然近くで激しい音が響いた。耳をつんざくような轟音《ごうおん》だった。

何かが崩れるような、なぎ倒されるような……

まさかと思いながら歩《ほ》を進めると、そこには大量の土砂があった。木々や大小の岩を巻き込み、目の前の道を塞いでいる。

（土砂崩れだ……！）

長雨の影響だろう。巻き込まれなくてよかったと安堵する。でも、困った。このままでは進めない。

（確か、別の道があったはず）

最初にこの先の廃村《はいそん》へ行く際にいくつかルートを調べていた。来た道をかなり戻ることにはなるけれど、迂回路があるはずだ。

山を下りながら、注意深く別ルートを探す。しばらくすると、人が一人通れるくらいの細い獣道を見つけることができた。どうやら、これが迂回路らしい。

この道を行けば、紬屋に辿り着けるはず。

足元を見ると、大量の蔓が這うように伸びていた。私は足を取られないよう、慎重に進んだ。視界を遮るように枝が伸びている。かがんで枝を避けたり、難しい場合はパキッと折ったりしながら、少しずつ歩《ほ》を進める。

ゴオッと、遠くでまた土砂が崩れる音が聞こえた。

この獣道は崩れないだろうか、と不安になった瞬間、蔓に足が引っ掛かった。

「あっ……！」

前のめりに地面に倒れ込む。

ピリッとした痛みを右頬に感じた。手の甲で拭《ぬぐ》うとわずかに血が滲んでいる。どうやら倒れたときに擦《す》り傷《きず》をつくったらしい。

立ち上がろうとすると、足首に鋭い痛みが走った。

「いっ、痛い……」

どうやら、足を挫《くじ》いたようだ。なんとか立ち上がることはできる。けど、歩くのは厳《きび》しい。

これは、まずいかもしれない……

(どうしよう)

じんじんと痛みが増してくる。暗くなる前に紬屋に辿り着くはずだったのに、引き返したことで大幅に時間を取られてしまった。周囲は、すでに薄暗くなっている。

明るいうちに聞けば、なんてことはない鳥の「ホー、ホー」という鳴き声さえ不気味に感じる。

もともと、ほとんど登山客もいないような山だ。おまけに迂回路である獣道に入ってしまっている。誰かの助けを待つのは絶望的だった。

助けを呼ぼうにも、スマートフォンは圏外になっている。

痛めた右足を庇いながら、なんとか歩けないかと試みた。右足が地面に触《ふ》れると激しい痛みに襲《おそ》われる。やっとの思いで進んだ数メートル先でバランスを崩し、またしても顔や腕に擦《す》り傷《きず》を作りながら地面に倒れた。

気づけば、完全に陽が落ちてしまっていた。

山中の夜は明かり一つない。すぐそばに何があるかさえ見えない。どこまでも漆黒《しっこく》の闇が広がっている。

はぁっとため息をつきながら、その場に座り込む。ズキズキと痛む足に顔を顰《しか》めながら、これからのことを考える。

（どうしよう……）

季節はもう、すっかり秋になっている。夜になると山の気温はぐっと下がる。

上着を取り出し、痛みに耐えながら袖を通した。少しでも足に力が入ると、ひどい激痛が走る。

途方に暮れながら座り込んでいると、遠くに明かりが見えた気がした。登山客だろうか。こんな場所で、こんな時間に？

目を凝《こ》らして、木々の隙間にちらちらと見え隠れする明かりを探した。

明かりは、一つではなかった。ぼんやりとした橙色の光が、ゆらゆらと揺れながら近づいてくる。まるで炎のようだ。

私を取り囲むように集まってきた光。その一つに手を伸ばすと、高くかすれた声がした。

「おや、本当に見えるらしい」

声の主は、狐だった。もちろん普通の狐ではない。顔は確かに狐に間違いないけれど、二足歩行なのだ。赤と白の装束を纏《まと》っている。

「狐のあやかしさんですか？」

「そうだよ」

橙色の光が、ゆっくりと狐のそばに寄っていく。光の正体は鬼火《おにび》らしい。狐の背後でゆらゆら揺れる様を見て、まるで鬼火を従えているようだと思った。

「お前が、旅籠《はたご》の主人が探しているにんげんだろう？　少しお待ち。呼んであげるから」

狐がそう言ってしばらくすると、向こうから明かりが見えた。また鬼火だろうかと様子を窺《うかが》っていると、明かりの正体が提灯《ちょうちん》だと分かった。

円筒型の提灯《ちょうちん》を手にした三つ目小僧と糸さんが、こちらに駆け寄ってくる。

「小夏！　探したぞ、大丈夫か？」

「はい、平気です。ありが……」

三つ目小僧の言葉に対して、ありがとうございます、と言い終わる前に何かに抱き着かれた。ぎゅうぎゅうと苦しいくらいに抱きすくめられている。

「小夏ちゃん」

低い声で呼ばれた。私の体を支えるように抱いているのは、糸さんだった。

わずかに顔を歪めたことで、どこか痛めていると気づいたのだろう。衝撃を与えないように、そっと腰に手を回される。

その瞬間、ふわりと体が浮いた。

「わわっ！」

抱き上げられ、思わず驚きの声を上げてしまった。

バランスを取りたくて、咄嗟に糸さんの首に腕を回した。怖いくらいに真剣な眼差しの糸さんと目が合う。心臓が大きく跳ねた。全身の血が逆流するみたいに、どくどくしている。

「あ、あの……」

いつもの糸さんじゃないみたいだ。

戸惑いの表情を浮かべる私を見て、糸さんが大きく息をついた。そうして、ゆっくりと瞬きをする。気づくと、いつものおっとりした彼に戻っていた。

「……帰ろうか」

優しい穏やかな声。

「はい」

糸さんの目を見たまま、私は頷いた。

到着予定だった時間を過ぎても私が紬屋に来ないので、糸さんは居ても立っても居られずに旅籠《はたご》を飛び出したらしい。

歩けなくなった私を、糸さんは背負って歩いている。

その前を行くのが三つ目小僧だ。提灯《ちょうちん》で足元を照らしながら進んでいる。

「薪風呂《まきぶろ》の準備してたと思ったら、いきなり旅籠《はたご》を飛び出して行くんだぜ？　団体客もいて忙しいってのにさ」

三つ目小僧がちらりと振り返って口を尖《とが》らせる。

「そんなことより小夏ちゃんのほうが大事だし」

清々しいほどにきっぱりと、糸さんが言う。

「そんなことってなんだよ！　お客さんが風呂入れなかったらダメだろ！」

三つ目小僧が至極真っ当なことを言っている。すっかり紬屋の看板息子になったらしい。

「私のせいで、迷惑かけてごめんなさい」

迂回して時間を要したのは不可抗力だったけど、蔓に足を取られたのは完全に私の不注意だ。

「あの、団体のお客さんっていうのは、もしかして……」

ちらりと周囲に視線をやる。いくつもの鬼火がゆらゆらしている。

「わたしたちだよ」

かすれた高い声で、あやかし狐が答える。

「やっぱり……お客さまにご迷惑をおかけして、本当に申し訳ありません」

「そんなことはいいんだよ。それより……久しぶりだねぇ、この感じ」

あやかし狐が楽しそうな声を上げる。

「この感じ……？」

なんだろう。

「狐の嫁入りみたいだと思ってね」

切れ長の目を、さらに細めてあやかし狐が笑う。

確かに一列に並んで歩いているし、提灯《ちょうちん》と無数の鬼火もある。条件は揃っているかも、と思う。まぁ、私は人間なんだけど。

「狐の嫁入りかぁ……。いいなぁ……花嫁《はなよめ》衣裳《いしょう》とか最高だろうなぁ」

糸さんが思いを馳《は》せるようにつぶやく。

「小夏はにんげんだから違うじゃん」

三つ目小僧がすかさずツッコむ。

「でもそれ以外は合ってるよ」

糸さんの声は弾んでいる。

「小夏、こいつはマジで危ないと思う。執着される前に離れたほうがいいぞ」

三つ目小僧が、こそっと耳打ちするみたいに私に言う。彼なりのアドバイスなのだろう。

「なんてこと言うんだよ！　そんなことより、いい加減に小夏ちゃんを呼び捨てにするのは止《や》めてくれない？」

糸さんが三つ目小僧に怒《おこ》っている。私は糸さんの背中に体を預けながら、二人の小競《こぜ》り合《あ》いに耳を傾けた。

周囲には、無数の鬼火が漂っている。

闇夜に灯る橙の光。鬼火たちはゆらゆらと揺れたり、ときどき流れ星みたいにひゅんっと移動したりする。森の中とは思えない。なんとも幻想的な情景だった。

◆◆◆

翌日、パタパタと忙しなく廊下を行き来する足音で目が覚めた。

目を擦りながら、私は布団から這い出る。足が痛いので、起き上がらずにそのままほふく前進で障子《しょうじ》のところまで行き、廊下にひょこりと顔を出す。

「あ、小夏！　起きたか？」

お膳《ぜん》を運ぶ最中らしい三つ目小僧が、私に気づいて声を掛けてきた。

「おはようございます」

「悪い！　ちょっと今は忙しいから。後で部屋に朝飯を持っていくからな！」

早口でまくし立てるように言って、トタタタッと廊下を駆けていく。かなり慌ただしいようだ。

再び三つ目小僧が部屋の前を通り過ぎていく。別の部屋から、今度は空《から》になったお膳《ぜん》を回収しているらしい。すっかり従業員が板についている。やる気満々といった表情ですき掛けをしている三つ目小僧は、もはや仲居頭《なかいがしら》のような威厳《いげん》さえ感じる。

あんなに働きたくないと言っていたのに……

糸さんは台所で朝食の準備に追われているらしかった。

私も何か手伝いをしたい。そう思ったけれど、この足だと余計に二人の手を煩《わずら》わせてしまうかもしれない。

逡巡《しゅんじゅん》した後、大人しく布団に戻った。

結局、足は捻挫《ねんざ》のようで、三日間ほどは動くこともままならなかった。

紬屋を手伝うどころか、結局は糸さんの手を借りることになってしまった。

「忙しいのに、本当にすみません。迷惑ばかりかけて……」

部屋に食事を運んでくれた糸さんを前にして、私は情けなくなり項垂《うなだ》れてしまった。

「ぜんぜん、迷惑じゃないよ」

「……本当ですか？」

「本当だよ。着替えを手伝ったり、お風呂を手伝ったり、トイレに行くために手を引いてあげたり。小夏ちゃんのためにしてあげることがたくさんあるって、めちゃくちゃ嬉しいよ。幸せだなって、噛みしめてる……」

うっとりとしながら糸さんが言う。

「もっともっと、お世話したいなぁ」

「おい、大丈夫かよ？　ちょっと行き過ぎてないか？　変態じみてる気がするんだけど」

恍惚とした表情を浮かべる糸さんを見て、三つ目小僧がドン引きする。

今は休憩中で、三つ目小僧は私の部屋でお茶を飲んでいる。げんなりした顔で湯呑《ゆのみ》を置く彼を見て、さすがの私も居たたまれなくなった。

「僕のどこが変態だっていうの？」

糸さんはというと、まるで気にした様子がなかった。それどころか憮然としている。大ぶりの椀《わん》を手に取ってから、匙《さじ》で汁をすくい、私の口元に近づけてくる。

「手は動かせるので、自分で食べられますから……」

やんわりと断ってみたが、実際のところこれは三つ目小僧に対する建前で、私の本心ではない。自分も糸さんに負けず劣らずの愛が重いタイプだと知ってしまった。

着替えを手伝ってもらうのも、入浴の際に必要以上に介助されるのも、どこへ行くにも手を取って歩いてもらうのも、嫌ではない。むしろ嬉しい。

そんな私の本心を三つ目小僧は感じ取ったのだろう。「小夏が嫌じゃないならいいけどさ」と言って肩をすくめる。

ちなみに、今いただいているのは山菜《さんさい》がたっぷり入ったトムヤムクン。

トムヤムクンはタイ料理だ。和の器《うつわ》に盛られた異国料理はなんともいえない感じだけど、味は間違いなく美味《おい》しい。

念願の糸さんの手料理だった。久しぶりなので、じっくり味わう。なんだか、みるみるうちに元気がチャージされていくような気がした。

私が紬屋を離れている間に、糸さんの料理の腕はさらにパワーアップしていた。まさかタイ料理に手を出すとは思わなかった。

唐辛子《とうがらし》で辛味を出し、酸味にはレモンを使ったという。香りが特徴的なスープだ。ハーブも欠かせないらしいのだけど、似たような野草（もちろん食べられるもの）が山に自生しているようで、案外簡単に作れたと糸さんは言った。

「酸っぱくて辛《から》いのにコクもあって、すごく美味《おい》しいです。初めて食べました。複雑で不思議な味だと思ったけど、クセになりますね」

「え？　初めて？　若い子はこういうのが好きだって聞いたんだけど」

「聞いたって誰にですか？」

「雪女だよ」

照れながら「若者が好む味を覚えようと思って」と話す糸さんを、三つ目小僧が冷めた目で見る。

トムヤムクンの他にも、山菜《さんさい》のアヒージョ、こってり山菜味噌《さんさいみそ》ラーメン、濃厚クリーミーな山菜《さんさい》グラタン等を作れるようになったと糸さんは自慢気に語る。

「カタカナの料理とか、味の濃いものが好きって聞いたからさ」

人それぞれだと思うのだけど、それは黙っておいた。すごく嬉しそうに「小夏ちゃんも好きなんでしょ？」と聞いてくるので、さすがに違うとは言えない。

雪女が個人的に食べたいメニューのような気がしないでもない。きっとそうだ。

紬屋に来た際に注文できるように、糸さんをそそのかしたに違いない。雪女め……

ダシに使われた訳だけど、トムヤムクンは最高に美味《おい》しいし、アヒージョもラーメンもグラタンも楽しみなので、まぁいいか、とすっかり食いしん坊になった私は思った。

そして今日、なんと紬屋は満室なのだという。

驚いたことに、少し前からこの状況が続いているらしい。どうりで、三つ目小僧が走り回っている訳だ。

「小夏が宣伝しまくったおかげで、すっかり人気の旅籠《はたご》になっちまったよな」

ずずっと湯呑《ゆのみ》を傾けながら、三つ目小僧が満足そうな顔をする。

「ありがたいことにね」

糸さんがトムヤムクンをふうふうしながら、頷く。もちろんそのふうふうしたトムヤムクンは、私のところへやって来る。

「昨夜、あちこちの部屋からワイワイ楽しそうな声が聞こえていたので、たくさんのお客さんに来ていただけているんだろうとは思っていましたけど……まさか満室続きだとは思わなかったです」

紬屋を出た最初の頃は、逐一《ちくいち》チェックしていた。でも、自分のことで精一杯になり、予約サイトを確認する余裕がいつの間にかなくなっていた。

まさか、こんなに人気の旅籠《はたご》になっていたとは……

「SNSのあやかし界隈《かいわい》でもさ、予約のとれない旅籠《はたご》として有名になってるんだぜ？」

嬉しそうな顔で、三つ目小僧がスマートフォンを見せてくる。彼が手にしている機種は最新式で、正式に働き始めて初めての給与で手に入れたものだという。

画面を覗《のぞ》き込《こ》むと、そこには紬屋の予約が取れたことや、宿泊したことを報告する投稿がたくさんあった。『#あやかし旅籠《はたご》』『#紬屋』『#山菜《さんさい》ごはん』なるタグも確認できる。

予想以上の反響だ。

「す、すごいですね……」

本当に、宣伝が成功したのだ。じわじわと実感が湧《わ》いてくる。自分がこの旅籠《はたご》と、糸さんの力になれたことがものすごく嬉しい。

「私も何か、そろそろお手伝いしないとダメですね」

満室のお客さんを二人で捌くのは大変だろう。まだ動き回ることはできないけれど、たとえば山菜《さんさい》の下処理で皮を剥くとか、そういうことなら少しは戦力になれると思う。

「完全に治るまでは、お手伝い禁止だよ」

笑顔ではあるものの、有無を言わさぬ力強さで糸さんが言う。

「出た、過保護」

三つ目小僧がぼそりと漏らす。

「今のところ、僕と三つ目小僧でなんとかなってるし。小夏ちゃんの足の状態が悪化したら大変だもん」

なんとか手伝いたい。でも、この様子だと糸さんは首を縦に振らないだろう。

「……治るまでは、大人しくしています。でも、完治したらばりばり働きます。動画を撮ったり投稿したり、広報活動も再開しますからね」

私の宣言に、糸さんは満面《まんめん》の笑《え》みになった。

「一緒に働くのって、いいよね。あ、こういうのって、ジャンル的には『おふぃすらぶ』だよね？」

糸さんが、きらきらと目を輝かせている。

おふぃすらぶ？

私は糸さんの隣で、しらーっとしている三つ目小僧に事情を聞いてみた。

「読書コーナーが盛況だから、新しく何冊か入荷したんだよ。その中に、地味ＯＬとイケメン同僚の恋愛マンガがあったんだ。イケメンは部署のエースで、実はあやかし。女性社員からモテまくってる。それなのに、地味ＯＬを溺愛《できあい》してる意味不明な話」

「はぁ……」

説得力が皆無なストーリーだよな、と三つ目小僧に同意を求められる。

詳しくはないけれど、たぶんそれは王道の恋愛モノではないかと思う。

「なるほど、それでオフィスラブですか」

確かに同じ職場ではあるけれど、ここはオフィスではない。でも「ラブ」というワードには、密かに身悶《みもだ》える。

（ラブかぁ……）

私の様子を見て察したのか、三つ目小僧はますます、しらーっとした目になったのだった。

◆◆◆

「糸さん、仕事に戻らなくていいんですか？　また昨日みたいに、三つ目小僧さんに叱られますよ」

私が紬屋に戻ってから、一週間が経った。

最近、糸さんは暇を見つけては私の部屋にやって来る。いや、暇を見つけてというのは正しくない。最近の紬屋は常に忙しい。

仲居頭《なかいがしら》……もとい三つ目小僧の目を盗んでは、忍び足でこの部屋を訪れているのだ。

「リフレッシュは大切だよ。それに、ほんの一休みだから」

その一休みが長くて、昨日は三つ目小僧に怒《おこ》られたのに……

私はやれやれ、と思いながらカメラの準備をした。

「私、少し部屋を出ます。仕事があるので」

声を掛けると、途端に糸さんは「え」と驚いた顔になった。

「ど、どういうこと？　まさか、撮影に行くの？　ダメだよ、まだ完全に治ってないのに。

そんな足で山は下りられないよ」

私の体を、糸さんががっしりと抑え込むように掴む。

「あやかしTVの動画を撮りたいんです」

「もしかして、また三つ目小僧がムリを言ってるの？」

渋《しぶ》い顔をする糸さんに「違います」と言って首を振る。

「鬼火さんたちを撮るんです」

あやかし狐と鬼火の一行は、まだ紬屋に宿泊中だった。ねぐらにしている稲荷神社《いなりじんじゃ》が建て替え中とのことで、しばらくは滞在するらしい。

実は、あやかし狐はあやかしTVの視聴者なのだという。

ちょっとした芸を披露するので、ぜひ出演させてほしいと昨日、懇願されてしまった。

もちろん承諾した。イメージ的に、何か舞でも披露してくれるのかなと思った。日本舞踊とか、もしくは能とか。

とにかく、私は動かずにカメラを構えているだけでいいらしい。それなら足の心配もないし、安心して引き受けたのだった。

あやかし狐曰《いわ》く、夜のほうが映えるのだとか。

いい顔をしない糸さんを宥《なだ》めて、私はあやかし狐と合流した。

陽が沈むと、一つ、また一つ、と橙の光が闇夜に浮かび上がった。

ちょっとした芸というのは、やはり舞だった。あやかし狐が、おもむろに右手を挙げる。

どうやらそれが合図らしい。鬼火たちが移動して隊列を組み始める。まずは正方形の形を成し、それからひし形、次に円を描いた。

（舞というより、ドローンみたいなものだな）

イベントのオープニング等で見た記憶がある。

火の玉たちは、ゆらゆらと揺れながらも等間隔で規則正しく動いている。相当鍛えられているのだろう。

無音で編集するのもいいけど、洋楽を流せばマーチングバンドのように見せることができるかもしれない。日本舞踊や能からはずいぶん離れてしまうけれど。撮影しながら、どうやって編集しようかと思いを巡らせる。

「形を自由自在に変えられるんですね」

空を見ながら感嘆すると、あやかし狐は満足そうに目を細めた。

「これくらい、なんてことないよ」

「他にも、何かできますか？　たとえば文字を作ったりとか」

私の要求に、あやかし狐は得意げに頷く。

「もちろんだよ」

そう言って、右手を大きく揺らし始めた。統領の指示に従い、鬼火たちは大きな三つのかたまりになる。そして、じわじわと文字を作っていく。

ひらがなで「き」と「つ」と「ね」が完成した。

すごい。夜空に「きつね」の文字が浮かび上がっている。

あやかし狐も大満足らしい。コンコン、と嬉しそうに笑っていると思いきや、急《きゅう》にわなわなと震え出した。ぎろり、と恐ろしい視線を鬼火たちに浴びせている。

どうしたんだろう？

彼の視線の先を改めて確認すると、そこには、「きつね」の文字……あ、違う。

「つ」じゃない。二つの火の玉が列をはみ出しているせいで「づ」になっているのだ。

これでは「きづね」だ。

　あやかし狐が、びゅんびゅんと高速で右手を振る。赤と白の装束が激しくはためいている。

「愚か者めが……！」

　ぎりぎりと右手を握りながら、かすれた声で低くつぶやく。

　怖い。優しそうなのに、実はめちゃくちゃスパルタだったんだ。怒りに気づいた二つの鬼火は、びゅん、と慌てて列に戻った。

　続いて私の名前「こなつ」を作ってくれようとしたのだけど、またしても「つ」は「づ」になった。漆黒《しっこく》の夜空に浮かぶ橙色の「こなづ」の文字。ひらがなの練習を始めたのはつい最近らしいので、どうか鬼火さんたちを叱らないであげてほしいと思う。

「じゅうぶんすごいですから。見ようによっては、『づ』じゃなくて『つ』にも見えますし」

　一応フォローしてみたけれど、あやかし狐は完璧主義者《かんぺきしゅぎしゃ》らしく、まったく納得していない。

「ひらがな如きで躓《つまず》くとは！　なんと愚かな……！　ええい、これからカタカナ、漢字、すべてを完璧《かんぺき》に叩き込んでやるわ！」

　細い目を吊り上げて怒っている。そのせいか鬼火たちは夜空高くに浮いたまま、なかなか地上付近には下りてこなかった。

　あやかし狐の意向により『きづね』と『こなづ』の部分は泣く泣くカットした。さくっと編正方形、ひし形、円の形を作る鬼火の映像のみになってしまったが仕方ない。

集を終えて動画をアップした。

やはり「ドローンっぽい」という意見が多く、再生数もそれなりだった。「美しい」「完《かん》璧《ぺき》」というコメントを繰り返し眺めては、あやかし狐は頷いていた。目尻が下がっている。嬉しいのだろう。満足そうで何よりだ。

「次は超大作に仕上げてくるよ」

しばらくして、稲荷神社《いなりじんじゃ》の建て替えに目途がついたらしい。

「完璧《かんぺき》な舞を期待してくれてかまわない」というスパルタ予告とも取れる言葉を残し、無数の鬼火を従えて、あやかし狐は紬屋を後にしたのだった。

◆

◆

◆

まだ薄暗い朝、玄関を開けると冷たい空気がすべり込んできた。キンと冷えた冷気が頬にぶつかる。暦の上ではまだ秋だというのに、もうすっかり冬みたいだった。

「山の朝は冷えるからね」

旅籠《はたご》に帰ってきてから二週間。今朝は、久しぶりに糸さんに付き合って山菜《さんさい》採《と》りに行くことになっている。足が治ってからは初めてだった。

「うぅ、寒い」

ぎゅっと体を縮こまらせながら、指先を擦り合わせた。

私の仕草を見た糸さんは、速攻で自分の部屋に飛んでいく。戻ってくると、ありったけの防寒着を手にしていた。

「体を冷やしたらダメだよ」

そう言って、セーターを二枚、その上から大きめのカーディガン、さらに半纏《はんてん》に似たコートらしきものを私に着せる。

着ぶくれにもほどがある。かなりのモコモコ仕様だ。頭には毛糸の帽子、首にはマフラーが巻かれている。

「何かに似てますね……」

自分の着ぶくれした姿を見ていると、何かを思い出しそうだった。

「あ、思い出しました！　毛刈りを忘れられた羊です！」

ニュース映像で見た覚えがある。脱走したのか、群れからはぐれてしまったのか。重そうな自分の毛に困惑しながら、トボトボと歩く羊……

その姿にそっくりなのだ。

「まるまるしててかわいいよ」

満足そうに糸さんが私の着ぶくれ具合を眺めている。

どうやら彼は寒さに強いらしく、軽装だった。

しばらく山道を歩くと、収穫ポイントに辿り着いた。旅籠《はたご》に初めて来たばかり頃よりは、山菜《さんさい》について詳しくなったと思う。糸さんが収穫する様子を見ながら、自分の成長度を実感する。

朝露に濡《ぬ》れた山菜《さんさい》を竹カゴに放り込み、糸さんが空を見る。

「明るくなってきたね」

つられて私も上を向く。そこには、きれいなうろこ雲が空一面に広がっていた。

「うわぁ、きれいですね……！」

朝焼けと、どこまでも続くうろこ雲。

「もう少し、見晴らしのいいところに行こうか」

糸さんが、私を見て微笑む。

「はい！」

元気に返事をすると、糸さんが私に手を差し出してきた。

足を痛めているときは、よくこんな風に手を貸してくれた。私も躊躇《ちゅうちょ》なく、彼の手を取っていたのだけれど。

「……もう、治ってますよ？」

かなり面倒を見てもらった。そのせいで、彼はクセになってしまったのだろう。

糸さんは、ゆっくりと手を引っ込めた。

「治ったら、もう手を繋いでくれない……？」

寂《さみ》しそうに見つめられて、ぎゅんと心臓が跳ねた。

「つ、繋ぐって……」

「意味もなく手を握ったり、繋いで歩いたりしたいんだけど」

糸さんは笑っていない。

笑顔が標準装備のひとから笑顔が消えると、これは特別な場面なのだといわれている気がして落ち着かない。

「そ、そういうのは、大人になったら安易にしないんですよ。恋人とかでもない限り。あくまでも、人間の世界の話ですけど……」

「あやかしの世界でも、そうだよ」

低い声でささやかれた。一瞬で距離を詰められる。目の前にいる糸さんにじっと見つめられて、心臓が痛いくらいにどきどきした。

「あ、あの。それって……」

「小夏ちゃんが好きだよ」

低い声が、じん、と全身に響く。

するりと手の甲を撫でられた。さらさらした指の感触。生ぬるい体温。糸さんの手だ。

好きと言われた。糸さんに。

私だって、同じ気持ちだ。

指を絡めるようにして、私は彼の手を握った。

「わ、私も、糸さんのことが好きです……！」

優しいところ、優しいだけじゃないところ、紬屋での仕事ぶり、おっとりした雰囲気、一緒にいると安心する感じ。何もかもが、好きだ。

「……小夏ちゃんはにんげんで、僕はあやかしだけど。それでもいいの？」

諭すような声色で、糸さんが私に問う。

そのくせ、私の手を握る力は強い。その力強さに安堵する。ぜったいに放さないと告げられているみたいで、嬉しい。全身が甘く痺《しび》れるみたいだった。

「私は、糸さんがいいんです」

「年だって、ずいぶん違うし」

「ジャンルが年の差ラブなだけです。これも立派な王道モノですし。それに、二人とも大人なので。まったくは問題ありません」

今度は、私がぎゅっと握る番だ。力を入れて、ぎゅうっと糸さんの手を握る。

ようやく、彼がほっと安心した顔になった。

手を握り合ったまま、ゆっくりと歩き出す。

「初めは、にんげんと久しぶりに話ができて、嬉しいだけだったんだけど」

「はい」

「紬屋の宣伝をしてくれるようになって、ありがたいなって思うようになった。一生懸命だし、いい子だなって思って見てた」

横にいる糸さんを見上げると、目が合った。まなじりを下げるように微笑む。

「いつだったか、僕の習性をなんでもないことみたいに言ってくれたことがあったでしょう」

「覚えてます」

「その頃から小夏ちゃんのこと、好きだなって思うようになった」

心臓がぎゅんぎゅんする。好き、という言葉に慣れていないので、ひどく心拍が乱れる。

「伝承《でんしょう》とか巻物《まきもの》を見たとき、あぁ自分が針と糸で縫う姿はこんなにも不気味で醜いのか、にんげんにはこんな風に見えてたのか、って。ずっと、そう思ってたから」

自嘲する糸さんの頭をよしよしたい衝動に駆られる。自分よりも、ずっとずっと長く生きているこのひとだけど、守ってあげたいと思う。

「私は……」

いつから、だったのだろう。いつ、このひとを好きだと思うようになったんだろう。

初めから意識していた気がする。

でも、たぶん決定打だったのは、離れているときに励《はげ》ましてくれたこと。ちゃんと私のためを思って言ってくれたこと。

あのとき、自分の気持ちに気づいた。

「あの、糸さん。改めて、お礼を言わせてください。祖母の大切な場所を見つけることができたのは、糸さんのおかげです。ありがとうございました」

ようやく面と向かって言えた。

しばらく歩くと、視界がひらけた場所に着いた。ぐるりと周囲の山々を見渡せる場所だ。

空にはまだ、うろこ雲が広がっている。

白い小さなもくもく雲の隙間からは、真っ青な空が見えた。

「いい天気ですね」

「そうだね」

まだ、手を繋いだままだ。

このままずっとこうしていたいけれど、そうもいかない。紬屋に戻って、お客さんたちの朝食を準備しなければ。それに遅くなったら、三つ目小僧に小言を言われてしまう。

帰ったら手を放さないと。

名残惜しいなと思っていたら「ぐるるー！」と勢いよく、私のお腹が鳴った。うぅ、恥ずかしい。せっかく、二人できれいな景色を眺めていたのに。

「……う、うろこ雲がきれい過ぎるせいです。なんか、リアルに見えてきて。それで、お腹が空《す》いちゃいました」

なんてひどい言い訳だろう、と自分でも思った。ますます恥ずかしくなって、頬が熱くなる。

「帰ろっか。朝食にしよう」

くすくすと糸さんが笑う。

「はい……」

赤い顔で、私は頷いた。そうして、二人でゆっくりと、旅籠《はたご》に続く道を歩き始めた。

お前は俺の、最愛の花嫁――

時は大正。あやかしが見える志乃は親を亡くし、親戚の家で孤立していた。そんなある日、志乃は引き立て役として生まれて初めて出席した夜会で、由緒正しき華族の橘家の一人息子・桜虎《おうこ》に突然求婚される。彼は絶世の美男子として名を馳せるが、同時に奇妙な噂が絶えない人物で――警戒する志乃に桜虎は、志乃がとある「条件」を満たしているから妻に選んだのだ、と告げる。愛のない結婚だと理解して彼に嫁いだ志乃だったが、冷徹なはずの桜虎との生活は予想外に甘くて……!?

◉定価:726円(10%税込)　◉ISBN:978-4-434-33471-9　◉Illustration:櫻木けい

私を憎んでいた夫が
突然、デロ甘にっ!?

初恋の皇帝に嫁いだところ、彼に疎まれ毒殺されてしまった翠花。気が付くと、彼女は猫になっていた!　しかも、いたのは死んでから数年後の後宮。焦る翠花だったが、あっさり皇帝に見つかり彼に飼われることになる。幼い頃のあだ名である「スイ」という名前を付けられ、これでもかというほど甘やかされる日々。冷たかった彼の豹変に戸惑う翠花だったが、仕方なく近くにいるうちに彼が寂しげなことに気づく。どうやら皇帝のひどい態度には事情があり、彼は翠花を失ったことに傷ついているようで——

定価:726円(10%税込み)　ISBN 978-4-434-33361-3

イラスト:ノクシ

かりそめ夫婦の
穏やかならざる新婚生活

親を亡くしたばかりの小春《こはる》は、ある日、迷い込んだ黒松の林で美しい狐の嫁入りを目撃する。ところが、人間の小春を見咎めた花嫁が怒りだし、突如破談になってしまった。慌てて逃げ帰った小春だけれど、そこには厄介な親戚と――狐の花婿がいて？　尾崎《おざき》玄湖《くろこ》と名乗った男は、借金を盾に身売りを迫る親戚から助ける代わりに、三ヶ月だけ小春に玄湖の妻のフリをするよう提案してくるが……!?　妖だらけの不思議な屋敷で、かりそめ夫婦が紡ぎ合う優しくて切ない想いの行方とは――

各定価：726円（10%税込）

イラスト：ごもさわ

愛憎渦巻く後宮で
武闘派夫婦が手を取り合う!?

自国で虐げられ、敵国である湖紅国《ここうこく》に嫁ぐことになった行き遅れ皇女・劉翠玉《りゅうすいぎょく》。彼女は敵国へと向かう馬車の中で、自らの運命を思いポツリと呟いていた。翠玉の夫となるのは、湖紅国皇帝の弟であり、禁軍将軍でもある男・紅冬隼《こうとうしゅん》。翠玉は、愛されることは望まずとも、夫婦として冬隼と信頼関係を築いていきたいと願っていた。そして迎えた対面の日……自らの役目を全うしようとした翠玉に、冬隼は冷たい一言を放ち――?
チグハグ夫婦が織りなす後宮物語、ここに開幕!

定価:726円(10%税込み)

Illustration:憂

この作品に対する皆様のご意見・ご感想をお待ちしております。

おハガキ・お手紙は以下の宛先にお送りください。

【宛先】

〒150-6019 東京都渋谷区恵比寿 4-20-3 恵比寿ｶﾞｰﾃﾞﾝﾌﾟﾚｲｽﾀﾜｰ 19F
（株）アルファポリス　書籍感想係

メールフォームでのご意見・ご感想は右のＱＲコードから、
あるいは以下のワードで検索をかけてください。

アルファポリス　書籍の感想　検索

ご感想はこちらから

アルファポリス文庫

あやかし旅籠《はたご》　ちょっぴり不思議《ふしぎ》なお宿《やど》の広報担当《こうほうたんとう》になりました

水縞しま（みずしま しま）

2024年 2月29日初版発行

編集－和多萌子・宮坂剛
編集長－太田鉄平
発行者－梶本雄介
発行所－株式会社アルファポリス
〒150-6019東京都渋谷区恵比寿4-20-3恵比寿ｶﾞｰﾃﾞﾝﾌﾟﾚｲｽﾀﾜｰ19F
TEL 03-6277-1601（営業） 03-6277-1602（編集）
URL https://www.alphapolis.co.jp/
発売元－株式会社星雲社（共同出版社・流通責任出版社）
〒112-0005東京都文京区水道1-3-30
TEL 03-3868-3275
装丁イラスト－條
装丁デザイン－AFTERGLOW
印刷－中央精版印刷株式会社

価格はカバーに表示されてあります。

落丁乱丁の場合はアルファポリスまでご連絡ください。

送料は小社負担でお取り替えします。


ISBN978-4-434-33468-9 C0193